裏切られた勇者のその後…

After that of the betrayed Hero

II

市村鉄之助

フェザー文庫

プロローグ

椎名一成は魔王城の一室で、満面の笑みを浮かべて仲間との再会を果たしていた。

「兄貴っ！」

嬉しそうに一成に飛びついてきたのは、弟分のストラトス・アディール。燃えるように赤い髪を持つ少年だ。彼は本当に嬉しそうに一成に抱きつき、生きていることを確かめるように何度も体に触れた。

「一成さん、生きていてくれてよかったです！」

同じく飛びついてきたのはキーア・スリーズ。一成にとって妹分である、灰色の髪の少女だ。ストラトスと共に幼いといっても間違っていない年齢だった。

二人に抱きつかれながら、改めて自分が生きていることを実感した一成の瞳から思わず涙が零れそうになる。だが、ぐっと堪え、笑顔を浮かべた。作り物ではない、本物の笑顔だ。

信頼していた仲間に裏切られて絶望し、死にたいとさえ願った一成だったが、ストラトスとキーアがこうして自分が生きていることをこれほどまでに喜んでくれている、それだけで今までの絶望が消えてしまいそうなほど嬉しかったのだ。

そして、嬉しいことはそれだけではない。

「久しぶりだな、一成。ずっと会いたかったぞ？」

「ああ、俺も会いたかったよ。聞いたぞ、三人で帝国にきたんだってな……無茶しやがって、って言うべきなんだろうけど、素直に嬉しいよ、ありがとう」

難しい言葉などいらない。ただ純粋な感謝の気持ちを込めて、瞳に涙をためているカーティア・ドレスデンと顔を見合わせて何度目になるかわからない笑顔を浮かべた。

「ストラトス、キーア、カーティア、心配かけて本当にごめんな、そして俺が生きてることを信じてここまで来てくれて本当にありがとう。それ以外に、言葉が見つからないな……悪い」

「まったく……気付いているか、一成？　お前、謝り過ぎだ」

「そうですね、姉上。一成は謝ってばかりです。こんな殊勝な一成は初めて見ましたよ」

そう言ってクスクスと声を上げたのは、シェイナリウス・ウォーカーとレイン・ウォーカーのエルフの姉妹である。彼女たちはストラトスたちとは違い、一成を追って帝国へと来たわけではないが、それでも一成が生きているならば帝国にいるかもしれないと信じ、一族と共に帝国の民となっていた。

「お師匠、レイン……いや、だって、謝る以外になんて言えばいいんだよ？」

「わかっているでしょう、ねえ姉上？」

「そうだな。一成、私たちは別に謝罪が聞きたいからお前に会いに来たんじゃない。ただ、こうしてお前が生きていて、また再会して笑ったりしたいと思ったからこそ、今ここにいるんだ。それを忘れるな」

「……そっか、そうだよな。じゃあ、改めて、心配を掛けたことは謝る。だけど謝るのはこれでお終いだ。そして、本当に俺のことを生きてるって信じてくれて、帝国まで来てくれてありがとう！」

今までの絶望が晴れていく気分になる。ずっと暗く、重くのしかかっていた何かが軽くなっていくのがわかった。

そして何よりも、生きていると実感できる。それが嬉しかった。

もちろん、帝国で保護されていた時に生きている実感がなかったわけではない。よくしてもらい、温かさをたくさんもらったことに感謝の言葉が見つからない。だが、それでもやはり、最も心を許した仲間たちと生きて再会できたことは、一成にとって大きく気持ちが変化する出来事だったのだ。

しかし、一成の心が完全に晴れたわけではない。のしかかっていた重さも軽くはなったが、消え去ったわけではない。

なぜなら、仲間の中で最も信頼していた「彼女」がここにいないということ。それは、「彼女」が一成を裏切ったという事実を突きつけられていることになるのだから。

そして、仲間たちの笑顔を見ていると心が痛む。仲間と再会し嬉しいという気持ちは嘘ではない。心の底から嬉しいと叫んでいる。だが、それでも――元の世界に帰りたいと思ってしまう。

その想いが悪いことのように思えてくる。

いったい、自分はどうしたいのだろうか？

このままこちら世界で仲間たちと共に生涯過ごしたいのか、それとも彼らをこの世界に残してでも元の世界に戻りたいのか……。

答えは見つからない。できることならば、都合のいいことだとわかっているが、両方を望んでしまう。だが、同時にそれは決して叶うことがない願いだとわかっている。

「ねえ兄貴、どうしたの？　まだ体の具合が悪いとか？」

「いいや、そんなことないさ。お前たちから元気をもらったから、最高だよ」

考えが顔に出てしまったのか、ストラトスが心配そうに一成の顔をのぞき込んでいた。そんな弟分に心配掛けないよう、赤毛をくしゃくしゃとかき回すように撫でると、今はこの瞬間を精一杯噛みしめようと一成は強く思ったのだった。

会話は不思議なほど弾んだ。まるで何年も会っていなかった家族のように、話が次から次へと出てくる。主に話すのはストラトスとキーアだ。年少コンビが帝国までの道中いかに自分が活躍したのかと言い合っては笑顔を浮かべている。

最年長であるシェイナリウスは、親のように優しげな表情でそんな二人の話を聞き、レインは興味深げに、カーティアは誇張する二人にため息をついて修正の言葉を入れていく。

なんだか少し前に戻れた気分になる。

まだ魔王と戦う前に、何度も繰り返した就寝前の一コマ。それが酷く懐かしい。

「そういえばさ、兄貴？」

「どうした？　もう話はいいのかよ？」

「えっと、話はまた後で……それよりも聞いておきたいことがあるんだけど、いい？」

少し躊躇《とまど》った様子を見せるストラトスに頷《うなず》くことで返事をする。

「兄貴はさ、これからどうしようかとか、考えてる？」

その問いに、一成はすぐに返事ができなかった。

きっと一番の目的は、この世界に来てしまった時と同じく――元の世界に戻りたい。

そう思うのが一番だろう。そして、ストラトスたちも一成のその願いを知っている。

いつかは別れが来るものだと、心の中では思っているのかもしれない。

「私たちは魔王リオーネから話は聞いている。一成が、魔王と共に異種族と人間の和平になるきっかけを作りたいと思っていることを。そして、その考えに私たちは賛同している――だが、お前はそれでいいのか？」

「……何を言ってるんだよ、カーティア？」

「私たちの最初の目的は魔王との戦いだった。だが、同時に異種族との和平を模索する旅でもあったはずだ。だからそれは、いいと思っている。しかし、一成……お前にはもう一つ理由があったはずだ。それは、元の世界に、お前の故郷へと帰ることだろう？」

「カーティア様っ！」

ストラトスが待てと言わんばかりに、カーティアの名を強く呼ぶ。

一成はストラトスの顔を見ることができなかった。ただ、なんとなく、怒っているようで泣きそうな顔をしているのかもしれないと思った。

「ストラトス、お前が一成を兄と慕っているは痛いほどわかる。だがな、一成にとっての幸せも考えてやってくれ」

「兄貴にとっての幸せ……？」

「そうだ。私も帰ってほしくない。それはストラトスと一緒だ。しかし、一成にとっての幸せはこの世界にいることか？　元の世界に帰ることではないのか？」

「でもカーティア様！」

ストラトスだけではなく、キーアもまた突然の別れ話に戸惑うように声を出した。

「勘違いしないでくれ。私だって一成に帰ってほしくはない。だが、一成には家族がいて、きっと心配しているはずだ。それに、これ以上私たちの世界の都合で一成を傷つけたくはないんだ――私はあんな想いをもう二度としたくない」

嘘偽りないカーティアの言葉だった。今だからこそ生きているとわかっているが、つい先日までカーティアは一成のことを死んだと思い冥福を祈っていたのだ。それがどれほどの悲しみを抱えながらだったのかは、本人以外にはわからないことだろう。

誰も何も言えなかった。カーティアの言葉は間違っていないのだから。

「まあ、そうは言っても帰る手段はまだわかっていないし、これから探さなければならないことだ。今すぐに別れが訪れるというわけではないのだから。それに、私たちは大切な仲間だ。どれだけ離れていようと、例え世界が違かろうと、この絆は壊れたりはしない」

「カーティア……お前」

ずっと言葉が見つからなくて黙っていた一成が驚いたように彼女の名を呼ぶ。

「そんなびっくりした顔をしなくてもいいだろうに……って、全員じゃないか！　まったく、お前らは私をなんだと思っているんだ。いいか、私だって人だ。心があるんだ。たまには暑苦しいことだって言うに決まってるだろう！」

「いや、だけど、一年以上も一緒に居てそんな台詞初めて聞いたんだけど……」

一成が呆然とそんなことを言うと、フフっと誰かが笑った。その笑い声の主を探して振り向くと、口元に手を当てて苦笑しているシェイナリウスがいた。

「シェイナリウス様っ！　さすがに笑うのは酷いのではないかと思うのだが!?」

「フフフ、すまん。だが、堅物のお前が、よくもまあ、ッフフフ、駄目だ。言っていることは心に響くのに、キャラが合ってないからおかしくてしかたがない。言葉的にはストラトスか一成だろう、フフッ」

「笑いすぎですっ、失礼な！」

苦笑がただの笑いになるまで、そう時間はかからなかった。その笑いは一人に広がり、また一人が笑う。気付けば、失礼だとばかりに頬を膨らましているカーティア以外の全員が笑っていた。

先ほどまでの暗い雰囲気などを掻き消すようにみんなが笑顔だった。

「そうだよな、カーティア。俺たちは仲間だ、これからどれだけ離れようと、俺たちにある絆は決して壊れたりはしない。ああ、そうだ、そうに決まってる！」

だから帰る方法を探そう。この世界で諦めて生きるという選択肢はなしだ。それはこの世界で必死に生きている全員に失礼だから。全力で帰る方法を探すことにしよう。方法がないうちから別れがどうこうと騒いでも意味がないことだ。

やることがまたひとつ増えたと、一成は心にカーティアの言葉を刻みながら思う。リオーネと共に異種族と人間との和平のきっかけをつくりたい。カーティアが望んでくれたように、元の世界に帰る方法を探したい。

——それでいいんだ。

心にのしかかっていた重みが、また軽くなった気がした。そして、笑顔が絶えない中、次はどんな話をしようかと思ったその時だった——

「一成！　逃げろっ！」

仲間との再会に気をきかせて席を外していたはずの魔王リオーネ・シュメールが、黒髪を振り乱し、顔色を蒼白に染めて現れたのだ。

「リオーネ？　どうした、そんな慌てて？」

そして気付いた。

「誰だ……お前……？」

いつの間にか、一成の目の前には一人の民族衣装を纏《まと》った少年が立っていた。

誰もが現れたことに気付かなかった。どこからやってここへ来たのかもわからない。

それが酷く恐ろしかった。

少年は一成に向かい手をかざすと、どこか寂しげな表情を浮かべ、口を開く。

「余の名は龍神。真なる器である椎名一成、そなたを破壊するためにこの場に参上した。許せとは言わない、だが謝罪もしない。さらばだ」

次の瞬間、一成に向かって覆い尽くすような閃光が放たれた。

第一章

あまりにも一方的すぎる攻撃だった。

あの龍神と名乗った少年から放たれた閃光は、一成のみを狙った攻撃だった。殺傷能力は高く、衣類は破れ血に染まっている。

偶然だった。本当に偶然、龍神の攻撃が魔王城の壁を貫かなければ一成は死んでいたかもしれない。些細な偶然が命を救ったのだ。

そして今、一成は魔王城から地面へ向かって落下していた。予想外過ぎる攻撃によって傷つき、そして思考が動いてくれなかった。

誰かが一成の名を叫んだ気がした。いや、きっと叫んだのだろう。それが誰なのかはわからない。感情的になりやすいストラトスか、それともいつも心配ばかりしているカーティアか。それとも、血相をかえて逃げろと言ってくれたリオーネかもしれない。

このままではいけない。このまま地面に叩きつけられた程度では自身が死なない程度に一成の体は鍛えられている。だが、しばらく動けない程度の怪我を負うだろう。そうなれば追撃が来ることは必須だ。

「それは……まずいだろ？」

魔王城の敷地で、いや、この帝国の帝都の中であんな訳のわからない力を持った存在と戦うわけにはいかない。どれだけの被害が出るのか想像ができなかった。それだけではない。自分が近くにいれば仲間たちが助けに来るだろう。何も躊躇《ためら》わずに。それは嬉しいことだが、同時に危険なことでしかない。

ゆえに、一成は空中で体勢を整えると、静かに地面に着地する、と――同時に駆けた。一心不乱に、帝都の外へ向かい走り、駆け抜けた。後ろなど振り向かず、とにかく前へ、一歩でも遠くへと走り続ける。

ここまで逃げに徹したのは初めてのことだった。だが、情けないとは思わない。自分のためではなく、街のために、仲間のために逃げるのだから。

何よりも、仲間と再会したばかりなのだ。元の世界に帰りたいと思っているのだ。

――こんなところで死んでたまるかっ！

死にたくないという強い想いと、理不尽に命を狙われた怒りを胸に抱き、一成は街から少しでも離れるべく駆け出したのだった。

街が見えなくなるほど離れた一成は、足を止めると大きく叫ぶ。

「出てきやがれ、このクソガキッ！」

その声には確実に怒りが込められていた。

瞬間、

「まさか逃げに徹するとは思いもしなかった。だが、余のことを呼んだということは、覚悟を決めたということか？」

「覚悟？　それはどういう意味だよ。最初に言っておくけど、俺は別にお前にどうこうされる覚悟をしたわけじゃない」

「ならば、どのような覚悟をした？」

「お前と戦う覚悟だよ！」

握りしめた拳を龍神へと向かい一撃を放つ。

拳が震えているのがわかる。強く握りしめたせいで震えているのではない、一成の本能が目の前の少年の姿をした神に恐怖しているのだ。生き物としての純粋な恐怖を一成は感じていた。

「なるほど……逃げに徹したのではなく、被害を出さないために街や仲間から距離を置いたというのか。賢明な判断だ。よくあの一瞬でそこまで考えることができたといささか感心するが、そなたの判断は余にとっても都合がいい」

いつでも戦える一成に対して、龍神を名乗る少年はただそこへ立っているだけ。少し拳を着き出せば、幼さが残る顔に届くだろう。しかし、そう簡単に拳が届く相手ではないと、一成の本能が警告音を鳴らしている。心臓が痛いほど音を鳴らす。逃げろと体の中から幻聴が聞こえる。

すべて、龍神に対する恐怖の産物だった。

一成はそれを振り払うように、声を出す。

「戦う前に教えてくれ、俺はどうして狙われる？　「真なる器」ってなんだ？」

「これから死にゆく者が説明を求めるのか？」

「当たり前だっ！　俺は仲間と再会して、元の世界にも戻りたいって思うことができたんだ。仲間も俺のために色々と考えて、想ってくれてるのに、こんなところで、襲われた理由を知らないままでいられるわけがないだろっ！」

恐怖以上に怒りが一成に宿っていた。そうだ、怒りが当然の反応であり、感情だ。

最初の攻撃は間違いなく命を奪うための攻撃だった。こうして生きているから怒りをぶつけることができるが、些細な偶然が起きなければ今ごろここに立ってはいなかった。

フツフツと感情が沸騰していく。これが怒りだ。恐怖を掻き消すほど怒れ。

「説明しやがれっ！」

喉が痛くなるほどの絶叫。これでも龍神が説明する気がなければ、今度はこちらから仕掛けようと一成は拳に力を込める。

だが、一成の覚悟とは別に龍神が頷いた。

「いいだろう。例え、死す運命にあろうが、その理由を知りたいのであれば告げるのが余の役目だ。話そう、余がそなたを狙う理由を……」

■

「最初に言っておくと、そなたの境遇には同情する。異世界より魔神の真なる器として親しき者と引き離されたこと」

「……意味がさっぱりなんだけどな、おい」

苛立《いらだ》ったように、一成は龍神を睨みつける。本来、子供の姿にここまで苛立つことはない。だが、問答無用で命を狙われ、意味のわからないことまで言ってくるのだから我慢しろという方が無理だ。

「どうして問答無用で殺そうとしやがったのかって聞いてんだよっ？」

「魔神の真なる器は破壊しなければならない」

「……真なる器、またそれかよ。破壊だとかそんなことを聞いてるんじゃないんだよ。どうして俺が器っていうので、破壊されなければいけなのかを教えろって言ってんだよ！」

不意に頭がズキリと痛んだ。思わず膝を着いてしまう。怒鳴り過ぎたせいか、それとも龍神の攻撃を受けたダメージが今になって現れたのかはわからないが、頭が急に痛みだした。

「頭痛が始まったか？　やはり始まっているな……そなたはもう神の器として完成しつつあるようだ」

「神の器、完成……難しい単語を並べればいいってわけじゃないことくらいわかってるよな。俺は説明しろって言ってんだよっ！」

頭痛のせいか、苛立ちが大きくなった気がした。内側から何か自分ではない別の何かが暴れている気分になる。不愉快だった。

「頭痛は覚醒が始まった証拠だ」

「……覚醒？」

相変わらず要領を得ない龍神の言葉だったが、ようやく説明がはじまったと思ったが、

「そう、覚醒だ。そなたは魔神の真なる器として、この世界へ呼び出された」

龍神の言葉を理解することができなかった。なぜなら、その言葉は一成の今までを否定するものだったからだ。

龍神から放たれた言葉の意味が、一成には理解できない。いや、理解したくないだけなのかもしれない。

——待ってくれ。

——何を言っているんだ？

「だが、それだけでは余にはそなたが真なる器であることを知ることはできない。しかし、そなたは何かのきっかけで真なる器として覚醒を始めた。ここ最近、命を失いかけたはずだ」

脳裏に浮かぶのは、魔王リオーネとの戦いで一番信頼していた彼女に裏切られたこと。

そして死にかけて、だがそれでも死ぬことがなかったこと。それが覚醒のきっかけだったとでもいうのか？

何をふざけたことを言っているんだ、と苛立ち思った。一成は混乱しそうになるが、龍神の言葉を逃さずに聞いておこうとするが、

「かつて地上を去った神々は、制約によって地上へと降りることはできない。だが、万が一のためにと抜け道を作った。それは——神が器に宿ること。無論、それによって神自身もリスクは負うことになるが」

「待て、待ちやがれ！」

「……どうかしたのか？」

「お前、何の話をしてるんだよ？　俺は、勇者召喚魔術でこちらにやってきたんだぞ。なんだよ、その魔神の真なる器って？」

「言っておくが、この世界に勇者召喚魔術など存在しない。そなたは魔神という神の器としてこの世界に呼ばれたのだ。だが、それは許されないことである。なぜなら神々は器を手に入れることでこの地上でも本来の力を取り戻すことができるのだ」

嫌な予感しかしない。どうしてこんな話を一人で聞いているのだろうか。これほど孤

独を感じたことは初めてだった。

「ここまで言えばこれ以上の言葉は要らないはずだ。そなたは魔神の器である。それだけではない、器の中でも、その神と最も相性のいい、半身と言っても過言ではない存在――それが真なる器の正体だ」

「……つまり、なんだ。俺は魔神の半身みたいなものってことなのか？」

「そう、それが真なる器ということだ」

「だったら、なぜ今になって襲ってきやがった？　俺がこの世界にきてどれくらい経ったと思ってる？」

「それについても説明しておこう。この世界に器と呼ばれる存在は少なくない。だが、器は放っておいても害はないのだ。しかし、器として覚醒してしまった者は別だ。覚醒、それは神を受け入れる準備ができているということになる。余の見る限り、そなたはもうすぐ覚醒を迎えるだろう。その前に破壊しなければ魔神はそなたの体を手に入れてしまうだろう。それだけは避けたい」

「破壊とか言ってるけど、それって殺すってことだよな？」

「肯定する。言いなおそう、余は古くから続く役目をもって、器として覚醒しかけているそなたを魔神の手に渡さないために殺す」

一成は龍神の言葉を真正面から受け止めた。なるほど、そういうことか、とどこかで納得してしまった。

思い返せばおかしいと思わなくもなかった。

勇者召喚魔術。初めて聞いた時に、なんだそれは、と思ったのだから。勇者がどんなものかは一成にはわからない。だが、勇者として浮かぶ想像に自分が適しているとも思えない。

つまり、一成は最初から神の器としてこの世界に呼ばれ、覚醒するのを待たれていたということになるのだ。そして、覚醒しかければ、こうして龍神という器の破壊を役目とする神が現れる。

――笑わせてくれる。

「本当に面白いぜ……」

龍神に狙われた理由もわかった。だからといって、はいそうですかと言って両手を広げて殺してくれと言うほど一成は馬鹿ではない。

つい先ほど仲間と再会したばかりなのだ。家族に会いたい、幼馴染みに会いたい、元の世界に戻りたいと思っているのだ。

「こんなところで死ねるわけがねぇだろうがっ！」

「そうであろう……今まで余が手を下した相手は、皆そう言っていた。ひとつ言い忘れていたが、器は神を受け入れるのに条件がある」

「……条件だと？」

「そうだ。それは、神を受け入れることを承諾することだ。つまり、拒否することができれば、神は宿ることができない」

唖然とする。そんな簡単に拒否できるものであったのか、と。

だが、そんな一成の思考など読めているとばかりに龍神は続けた。

「そう、拒否するのは簡単だ。だが、そなたに神を拒否することができるのか？」

「……何が言いたい？」

「わからないのであれば言い方を変えよう。仲間や、親しい者を人質に囚われ脅された場合であったとしても、そなたは神を拒否できるのか？」

返事などできなかった。脳裏に浮かぶのは仲間たちの笑顔。彼らが神に人質に取られ、解放と代わりに受け入れろと脅されることになれば、一成は迷うことなく神を器として受け入れるだろう。

「それゆえに、余は神の器を破壊しなければいけない。そなたを殺さなければいけないのだ」

「……だからって、俺がわかりましたって素直に殺されると思うのか？」

「思ってはいない。むしろ、そなたのように生を諦めないことが普通だ。そなたは抵抗する権利がある。だが、余には地上の平和を守るために覚醒しつつある真なる神の器を破壊する義務がある――ここまで言えば、もう言葉はいらないだろう？」

「ああ、いらないな。俺は生きるために、お前は殺すために――戦おう」

拳を握り、腰を落とし一成は構える。今さらながら、作ってもらった籠手を持っていないことを思い出す。神を名乗る相手に素手で戦うことになるとは、なんとも無謀だと自分のことながらに呆れてしまう。

だけどやるしかない。

俺は生きるんだ。

一成は、地面を蹴ると、いまだ構えも取っていない龍神へと襲いかかった。

■

それは圧倒的な暴力だった。

かつて魔王リオーネと戦った時とは違う、相手を殺すことを前提にした殺気を込めた攻撃だった。

そもそも戦う理由が違う。リオーネとの戦いは、戦うことでわかり合うことだった。戦わなければいけないが、倒すことによって話をしたかったのだ。だが、龍神との戦いはそうではない。勝たなければいけない戦い。負ければ待っているのは、死のみ。

一成は手加減など一切しなかった。見かけが子供だということも頭から追いやり、ただ自分の命を守るためだけに、拳を突き出した。

その攻撃は、魔力を込めただけという単純な攻撃でありながら、単純ゆえに破壊力のある一撃だった。

だが――

「……うそ、だろ？」

龍神の胸を貫くつもりで放たれた一撃は、まるで見えない壁にぶつかったように止まり、わずかに服を揺らしただけ。

「いや、実に素晴らしい。正直、驚いている。ここまでの力を振るうことができるとは……器として完成一歩手前ということもあるが、それを差し引いても強大な力を持つ実力者だとわかる」

龍神にとってその言葉は本心だっただろう。一成にもそれはわかったが、この状況では嫌味にしか聞こえない。なぜなら、突き出した拳から血がしたたり落ちているのだから。

赤い鮮血が大地に零《こぼ》れ落ちていく。龍神の衣類と頬にも一成の血が飛沫となって赤く染めている。

「これ以上の抵抗をしないように言っておこう。そなたが魔力によって体を強化するように、我ら神は神気によって体を強化する。今、そなたが殴りつけたのは、余から無意識に放たれている神気だ」

「随分と硬いことで……」

「それが人と神との差だ。諦めは――」

「――つくわけがねえだろ！」

「そう言うと思っていた」

龍神へと蹴りが繰り出される。硬い神気の壁に阻まれるが、ならばその神気すら貫いてみせると蹴り続ける。様々な角度から、下から上に、上から下に、左右から。だが、すべてが通らない。

拳を再度握り、蹴りと拳で対応するが、龍神は一歩も後ろへと下がることなく、反撃はもちろん、防御さえしない。

くそったれ、と一成は毒づく。

ここまで差があると、死が迫りながらも笑えてくるのだから不思議だった。

そうなると、試してみたいことがでてくる。防御すらしない龍神であるからこそ、試す価値があることを。

拳を降ろし、呼吸を整え、静かに心を落ち着かせながら龍神へと近づいていく。

「諦めたのか？」

一成の意図していることがわからず、ただ問う龍神へとゆっくりと手を伸ばす。だが、それでも龍神は神気によって守られていることから警戒をしなかった。

そしてそれが、一成にとっては油断に思えた。

「……何？」

「大正解っ！」

にぃっ、と一成は笑う。悪戯に成功した子供のような笑みを浮かべて、龍神の腕を掴んだ。

「無駄に器用な……殺気どころか敵意すら抱かないことで神気を素通りするとは……だが、それが正解だ。無意識に余から発せられる神気は余を害意から守る。ゆえに強大であろうと人間の攻撃は通さない。見事」

「ありがとうございますっ！」

掴んだ腕を魔力で強化した腕で持ち上げると、大地に叩きつける。轟音と共に、蜘蛛の巣状に大地に大きくひびが入る。これだけでは終わらない。これが唯一で最後のチャンスだと思えと言い聞かせ、腕を決してはなさない。再度、大地に叩きつけようとして——

「甘い。発想は柔軟でよいが、それだけでは神には勝つことはできない」

逆に大地へと叩き付けられた。

血と共に大きく息を吐き出した。体が砕けてしまいそうな衝撃を体中に受け、肺から酸素が消えた。よく体がバラバラにならなかったと体の頑丈さに感謝したくなる。だが、龍神の反撃はそれだけでは終わらない。叩きつけた一成をそのまま放り投げる。

きっと龍神にとっては手を放したくらいだったのかもしれない。しかし、された一成にとってはそうではなかった。地面を滑るように勢いよく転がっていくと、何度もバウンドしてから大きな岩を砕《くだ》きようやく止まる。

意識が遠のいていく。即死しないのが不思議なほど、圧倒的な力だった。それでもまだ、龍神が一割の力も出していないことがわかる。

視界が赤い。頭部から血が流れているのだろう。四肢が言うことを聞いてくれない。脳からの命令が伝わっていないのか、それとも動かす力がたった二度の攻撃で奪われてしまったのだろうか？

絶望的だ。

これが、神か？

こんな大きな存在が、器として自分を求めているのか？

魔神とはなんだ？

疑問ばかりが浮かんでは消えていく。そうだ、今はそんなことどうだっていい。ただ、生きたい。それだけなのだ。

震える足を殴りつけて、立ち上がる。おもむろに一歩踏み出すが、歩くということがこれほど難しいことだったとは思わなかった。

「まだ戦うつもりなのか？　実力の差はもう十分に思い知ったであろう？」

離れているというのに、掠《かす》れることなく聞こえてくる龍神の声に腹が立つ。

「力の差？　そんなことは最初っからわかってたんだよ。そうじゃないだろ、俺は生きている。そしてこれからも生きていたい。死にたくないから、無様に転がってもこうやって立ち上がって生を勝ち取ろうとしてまた拳を握るんだ！」

「それが無駄だと知っていながらも、その行為に何かの意味はあるのか？」

「ははっ、笑えるね。神様でも知らないのかよ、いいか、覚えておけ！　誰かが生きるためにしようとすることに、無駄だなんてことはないんだよっ！」

ダン、と音を立てて地面を蹴る。死ぬつもりはかけらもないが、玉砕覚悟で渾身の一撃を放つ。神気、そんなものは知らない。突き破ってやる。

「なるほど、それが人の――いや、生きる者の強さだな。久しく忘れていた……ならば余もまたその想いに応えるべく相応の力を持って相手になろう」

一成が疾走し、龍神を目で捉える。自身でも制御しきれない魔力を込めた一撃を放つ。

その瞬間――龍神の姿が消えた。

文字通り消えてしまったのだ。だが、驚く暇は与えられない。何者かに後頭部を掴まれ、地面へと叩き付けられる。その何者かが龍神だと気付くのに、時間がかかった。

驚愕と衝撃で声すら上げられない一成を、再度地面へと叩き付ける。額が割れて鮮血が噴き出す。もはや力など入らない体を無理やり動かすことができたのは、一成の生への執着と意地だけだった。

拳を振るい、受け止められる。蹴りを繰り出して、小さな足の裏で受け止められた。神気などに頼る必要もなく、龍神が一成の上をいっていることを容易《たやす》く証明されてしまった。だが、悔しいとは思わない、初めからわかっていたのだ。このくらいのことで意思を折ったりはしない。

「うぁああああああっ！」

空いている片腕で龍神を掴むと、一成は自身へと引っ張る。その予想外の行動を予期できなかったのか、なすがままにされる。一成は笑った。そして、血の流れる額を龍神の顔面に向けて振り下ろした。

「素晴らしい、泥臭い戦いではあるが、そなたには戦士としての才がある。その才を摘み取らなければいけないことは、いくら役目であったとしても口惜しい」

龍神からは称賛の言葉が送られた。龍神は無傷だった。真っ赤に顔は染まっているが、それはすべて一成の額から溢れた血だ。

そっと龍神は労わるように一成から手を放し離れる。

「そなたに敬意を。この度の戦いは生涯忘れることはないだろう。人の諦めない力、確かに見せてもらった。ゆえに余も見せよう、神の力を」

一成から反応はない。意識があるのかすら怪しい。ただ一つ、一成はまだ立っている。倒れていない。まだ、終わっていない。

「神気には色々な使い方がある。例えば、そなたのように身体の強化に使うこともあれば、こうして――」

一成に向けて小さな掌が向けられる。その掌にはまばゆいばかりの光が収束されていく。

「――純粋な攻撃として放つことができる。さらばだ、椎名一成。この名も生涯忘れはしない」

そして一成に向かって神気の閃光が放たれた。

閃光は一成を包み、彼の背後にあった遠い森を焼き払った。それだけで、どれほどの威力だったのかは想像に容易《たやす》い。

「……まさか」

だが、それほどの攻撃をしたにもかかわらず、龍神の顔には初めて驚愕の色が表れていた。

なぜなら、光が収まったそこに、腕を十字に組んで防御の体勢を取っている一成がいたのだから。

「今の一撃を耐えたというのか？　あの状態で……まさか、無意識でだと？　ありえん、と言いたいが、魔神の真なる器であるそなたであれば可能性もなくはない。だが、それは余の想像以上に器としての覚醒をしているということ！」

龍神の右腕に再び神気が集まっていく。収束ではない。神気が集まり、龍神の腕を一つの武器へと変化させていく。

「神気を宿したことで余の腕は、ひとつの武器となった。これをもって止めを刺そう！」

龍神には先の攻撃の比ではないほどの神気が宿っていた。確実に一成という完成しつつある器を無視できない龍神の本気が表れていた。

だが、龍神が攻撃を放とうとしたその時、

「ああっ、こんなに怪我をして、兄貴っ！」

「本当に運よく間に合ったようだな……」

「正直、間に合ったかどうかと問われると返答に困るが、生きているのだから喜ぶべきであろう」

ストラトス、カーティア、リオーネが龍神と一成の間に割って入ったのだ。だがこの場に来たのは三人だけではない。

「よく神と戦いこれだけ時間を持たせたな……師として誇りに思うぞ」

「悪いが龍神よ、私の友を殺させるわけにはいかない」

シェイナリウスが、剣を構えたムニリアも一拍遅れて現れる。

さらには、距離を取った場所からは、キーアとクラリッサ、レインが魔術を展開していつでも攻撃を放つことができる状態で龍神を睨みつけていた。

「そなたたちは……なるほど、増援か。椎名一成に集中しすぎていたせいで接近に気付かなかったが、所詮は器ですらない有象無象《うぞうむぞう》がどれだけ集まろうと、余の前では無意味だ――退け」

「断るっ！　ふざけんなよ、兄貴をこんな目に遭わせておいて俺たちに退けだと？　ぶった斬ってやる、このクソガキッ！」

「ストラトス、お前は最近、一成の口の悪さがうつっている。直せ。さて龍神、私たちが貴方にとって取るに足らない存在であることは最初の一撃を一成のみに放ったことで十分にわかっている。だからといって、私たちにも意地がある。仲間を、大切な人を、神の都合で奪われることを簡単によしとすると思うのか？」

カーティアの言葉に、一成と龍神を除いた誰もが即座に戦える構えを取る。龍神はその光景に苦虫を噛み潰したような表情を浮かべる。

「そなたたちには用はない、神の戦いに人間が割って入ろうとするなっ！」

怒りの声と共に神気が吹き荒れる。カーティアたちに圧迫感が襲いかかるが、ただそれだけであった。怒気を放っているはずの龍神からの攻撃がないのだ。

理由はわからないが、このチャンスを放っておくほどこの場の誰もが呑気なはずがない。

「攻撃してこない理由はわからないが、残念ながら私は人間ではない。と言っても半分だがな」

黒騎士の名にふさわしい、漆黒の鎧《よろい》と兜《かぶと》に身を包んだムニリアが剣をもって龍神へと斬りかかる。

だが、神気を纏った腕に容易《たやす》く防がれてしまう。

「なるほど、そなたたちは異種族か。人間と異種族が手を取り合っている姿を見るのは随分と久しい」

「ならば龍神よ、そのきっかけとなった一成を見逃してもらうわけにはいかないだろうか？」

「それはできない、漆黒の騎士よ。余には余の役目がある。椎名一成だけを見逃すということは今まで余が奪ってきた命たちに申し訳がたたない」

「なるほど、それは道理。ならば、私たちが一成を守ろう！」

龍神へと斬撃が襲いかかるも、そのすべていなされてしまう。だが、攻撃をするのはムニリアだけではない。

「うぉおおおおおおおっ！」

ストラトスが赤毛を振り乱し、体とは不釣り合いな剣を龍神の真上から振り下ろすも、いともあっけなく剣を砕かれてしまった。

「ストラトス、下がれ！」

少年の影から現れたのはカーティアだ。炎と水の刃を纏った双剣で龍神の急所を狙うが不可視の壁に弾かれてしまう。

「全員退けっ！」

リオーネの声に反応し、三人が大きく後方へと飛ぶと、同時に黒い雷撃が轟音を立てて放たれた。

物理的な攻撃はすべて神気によって防御していた龍神であったが、この雷撃には手をかざし弾く。

「流石《さすが》は異種族の王……黒き雷は椎名一成の攻撃に匹敵する。しかし、そうか、そなたたちの狙いは余を倒すことではなく、椎名一成の救出だったか。なるほど、してやられた。だが、どうするべきか……」

傷一つ負っていない龍神が感心するように頷く先には、一成を抱き上げて距離を取っているムニリアとその前に立ち楯になろうとしているストラトスとカーティアがいた。

今までの攻撃はすべて、龍神の気を一成から少しでも逸らし、一成を引き離すためだったのだ。

「私たちは一成の強さをよく知っている。その一成が最初から逃げに徹し、私たちから距離を遠ざけたことであなたの強さもよくわかっている。ゆえに、私たちは戦うのではなく、一成を助け癒すことを選択した」

「だが、それは意味のないことだ。余がその気になれば、そなたたちのような有象無象など蹴散らして椎名一成を殺せば済むだけのこと」

「ならばやればいい」

「……なんだと？」

龍神は眉をひそめる。リオーネの言葉の意図が読み取れなかった。

「あなたほどの力があるのならば、とうにそうしていたはずだ。だが、私たちはこうして立っている。一成をあなたから遠ざけることができた。なぜだ？　それは、あなたにもなんらかの制約があるのではないか？」

「……なるほど、そこへとたどり着いたか。隠すことではない。余も神ゆえに制約がある。それは――神の器以外の者の命を奪ってはいけないということだ。だが、それを知ってどうする？　必死に隠しているが、余の神気に怯え誰もが足を震わせている状態で何ができる？　私が杞憂しているのは、そなたたちを些細なことで殺してしまわないかと力加減に戸惑っていただけだ。だが、魔神の真なる器である椎名一成を殺せるのであれば、この国ごと焼き尽くしても構わない。だが、それをしないのは私の良心が咎めるからだ」

「……お優しい。だがその優しさを一成にもわけてもらえないだろうか？」

「それはできない、異種族の王よ。魔神の力を知らないゆえにそう悠長なことが言えるのだ。これでも余は時間を与えたつもりだった。余が椎名一成を破壊すべき対象と確認した際、彼は絶望の淵にいた。ゆえに待ったのだ。仲間と再会するまで。もう時間は十分に与えた。これ以上は待てない」

リオーネは絶句した。そんなに早く龍神に一成が目を付けられていたなどとは夢にも思っていなかったからだ。

これでは手詰まりだ。背後では、シェイナリウスたちが回復魔術を使い一成を癒しているが、どこまで傷が癒えたのかはリオーネにはわからない。

「これ以上話すことはない、余の邪魔をするな」

「……いいえ、邪魔をしなければいけません」

「まさかとは思うが、椎名一成を癒せばまた戦えるとでも思っているのか？　ならばそれは勘違いも甚だしい。あの者の本気に対して余は本気を出してはいない。誠意を見せるために相応の力を示したが、もしも私が全力で戦えばそなたたちはこの場に来ることもなく、死んでいただろう。自身の死すら気付かずに」

制約に感謝するがいい。龍神の言葉がそう言っている。彼に制約がなければ、とっくに一成は、いや一成ごと帝国が滅んでいた。

「最後通告だ。これ以上抵抗するならば、生涯動けない程度に痛めつけさせてもらう。余の役目を妨げるなら相応の覚悟をして立ちふさがるがいい。制約があるとはいえ、所詮は殺してはならないだけ。方法は多々あるのだ。それを今までしなかったのは、余の良心ゆえ……もう一度言おう、余の邪魔をするな」

■

「待てよ……俺の、仲間に、手を出すんじゃねえよ……」

誰もが、その声に驚きの表情を浮かべた。それは龍神とて例外ではない。

「俺はまだ終わってない。死んでない。こうして生きている。仲間が生かしてくれた。俺はまだ負けてない！」

「正直、驚きを通り越して呆れてしまう。そなたの生命力はどこからくる？　あれだけ力の差をみせつけられながら、どうして立ち上がる？　そなたは苦しみたいのか？　死が怖くないのか？　抵抗せねば、苦しまずに、自身が死んだことすら理解できぬよう命を奪うこともできるというのに……」

顔を濡らす血を拭いながら、一成は龍神へと一歩ずつ歩き出す。誰もが止まるように大声を出すが、一成は止まらない。大丈夫だと言わんばかりに、片手を上げて龍神へと向かう。

「わからねえかな、神サマ。苦しむのは嫌に決まってる。死ぬのが怖くないか？　怖いに決まってるだろ。だから、俺は、俺たちは必至で生きて抵抗するんだ。怖いからお終いか？　それは逃げだ。戦ってない。戦う前から負けている。そんなのはごめんだね」

「そなたは……余の理解の範疇を越えている」

「人間同士でも、異種族同士でも、人間と異種族だろうが関係ない。誰かが誰かを理解するのは難しい。俺にだって理解したくてもできない人はいるんだ。たった少し会って戦っただけで分かり合えると思ったか？　俺が素直に殺してください、お願いします──そんな馬鹿なことを言うと思ったのかっ？」

　ドン、と音を立てて龍神の顔を殴りつけた。もちろん、神気によって阻まれてしまうが一成にとってそんなことはどうでもよかった。

「何度でも言ってやる。俺は絶対に死なない、俺は生きたい。生きて仲間と共にあり、そして元の世界に帰るんだよっ！　それを邪魔する権利はお前にはない！　何よりも、俺の仲間にこれ以上手を出してみろ、龍神、神、そんなこと知るか！　絶対に俺がお前をぶっ殺してやる！」

「……あい、わかった。その覚悟、余は確かに受けとった。そなたの仲間には一切手を出さないと誓おう、余の名にかけて」

　突如、ゆっくりと龍神の姿が薄れていく。

「おいっ！」

「そなたに猶予を与える。今は一度、余が退こう。それがそなたに対する余の誠意だ。だが、魔神が動き出せば余はそなたの命を再び奪いに来るだろう。それまでに仲間との別れを済ませておくがいい」

　その言葉を残し、龍神の姿は完全に消えた。

「どこへと行った……さすがは神ということか。もっとも、一度でも引いてくれただけ僥倖《ぎょうこう》だ。少しでも時間が稼げれば、なんとかなる方法も見つかるかもしれない」

　気休めでしかないとわかっていながらも、リオーネは一成に希望はあると言いたくて声を掛けたのだが、

「………」

　一成からの返事はなかった。

「お、おい、一成、どうした？」

戸惑いの表情で、ゆっくりとリオーネが一成の肩へと振れる。瞬間、一成の体がぐらりと前へと傾いて倒れた。

「――っ、一成！」

　倒れて動かない一成。信じられないとばかりに大きな声を出したリオーネのもとに、仲間たちが駆け寄ってくる。

　いち早く冷静なクラリッサが一成の脈を取り、意識を失っているだけだと告げると一同はホッと息を吐く。

「ですが、それ以上に、龍神の神気によって体が焼かれ重傷です。同時に神気が体を蝕んでいます」

「なんだと、それでは一成はどうなってしまう？」

「今はとりあえず、休ませることが一番でしょう。ここから一番近い街へと運びましょう。ムニリア」

「ああ、任せろ」

一成の体をゆっくりと持ち上げると、ムニリアは走らずに静かに、それでいて少しでも早く歩いていく。

「ストラトスたちは私と共に街へと向かい、休める場所を確保するぞ。ついてきてくれ。湯を沸かし、清潔な布も必要となる」

それぞれがすべきことをするために動き出していく。

こうして龍神という大き過ぎる障害は、いったんとはいえ去った。だが、龍神との戦いのせいで一成は大きく傷ついてしまった。

今は少しでも体を休めなければいけない。そしてしっかりとした治療を施さなければいけない。まだ龍神の問題は解決していないのだから。

それぞれが己の力の無さを嘆きながら、一成を休めるために近くの街へと向かうのだった。

第二章

ジクジクと体が痛む。まるで内側から業火で炙られているような、想像を絶する苦痛に一成は襲われていた。

近くの街へと運ばれた一成は、手当てをされ回復魔術をほどこされたが、龍神から放たれた神気によってできた重度の火傷は癒えることがなかった。そして神気を浴びたせいか、体が少しずつ神気によって蝕まれている。

一時間もしない内に目を覚ました一成は、その痛みに耐えられず絶叫を上げたほどだ。よく龍神と対峙している間我慢していたと思えるほどの暴れようだった。ムニリアやシェイナリウスが身体強化して抑え込まなければどうなっていたのかわからない。

今は暴れることはないが、苦痛にもがき苦しんでいる。

「私たちに何かできることはないのか⁉」

「落ち着け、カーティア。大きな声を出したところで問題が解決するわけではないのだから」

「しかし、シェイナリウス様っ！」

「落ち着けと言っているだろう。まったく手だてがないというわけではない。ただ、それ相応のリスクがあるのだ……問題はそれに耐えられるかどうか……」

　歯切れの悪いシェイナリウスだが、手だてがあるという言葉に誰もが耳を傾ける。

「それはなんですか？」

「エルフの術なのだが、負傷者の痛みなどの苦痛を健康な別のに少しだけ、という制限つきではあるが移すことができる。ただし、移された者は相応の苦痛に襲われること、必ず成功するかどうかわからないこと、何よりも……所詮は一時しのぎであることには変わらず、一成の傷が治るわけでも癒えるわけでもないということだ」

「それでも兄貴が少しでも楽になるならっ！」

「最後まで話を聞け。この秘術には大きな欠点がある。それは、同じ種族ではないと術が成立しないということだ。一成は人間だが、同時に異世界の人間だ。さらには神の器というものまで背負っている。カーティア、ストラトス、キーアは人間だが、一成と同じ人間かと問われれば私は答えに困る」

「だが、それでも試してみる価値はあるのだろう？　ならば、その役目は私が引き受けよう」

そう言ったのは瞳に決意を宿したカーティア。だが、ストラトスとキーアも黙っていない。自分たちもと立候補するが、シェイナリウスによって幼いことを理由で駄目だと言われてしまった。

二人は唇を噛みしめ悔しそうにするが、この場にいる誰もが仮に二人でも平気だったとしてもやらせはしないだろう。一成があれほど苦しんでいる苦痛を、体が成長しきっていない子供の二人に移すことができるはずがない。

「カーティアはいいのか？　私は混血ゆえできない。シェイナリウスやレインもエルフだ。クラリッサとムニリアも一成と種族が違う。だが、いくら少しだけとはいえあの痛みようを引き受けるとなると相当な苦痛のはずだぞ？」

「心配してくれるのはありがたいが、私は構わない。少しでも一成の苦痛を和らげるのであれば、あなたもそうするはずだ」

「そう、そうだな。だが、きっと後で一成に文句は言われるだろうな」

「それも含めて覚悟はできているさ」

リオーネとカーティアは互いに苦笑する。一成はそういう男だと知っているから。たとえ自分がどれだけ傷つこうが苦しもうが、他人が傷つくくらいなら、苦しむくらいなら自分からそれを引き受けようとする。

別に一成は自己犠牲が強いわけではない。ただ、見ているだけが嫌なのだ。誰かが苦しむ姿を。

「シェイナイリウス様、その術とはどれくらいかかるのでしょうか？」

「そうだな……そう時間が掛かるものではない。さっき言ったことが心配なだけで、術式はさほど難しいわけではないのだ」

「ならば一刻も早くお願いします。少しでも早く、一成の苦痛を軽くしてあげたい」

「わかった。すぐに支度に取りかかる。レイン、手伝ってくれ」

「ええ、わかっています。姉上」

「準備を整えて戻ってくるから、ここで待っていてくれ。可能な限り早く戻ってこよう」

そう言い残して、シェイナイリウスはレインと共に部屋から出ていった。

「残されてしまった私たちにはすることがないな……」

「一成にはクラリッサがついてくれているから、私たちはただシェリナリウスを待つだけか……手持ちぶさたがこれほど恨めしく思ったことはない。カーティア、先ほども言ったが、どれほどの苦痛が襲いかかってくるのかわからないぞ、本当にいいのか？」

「意外と魔王は心配性だな。大丈夫だ、と胸を張って言えるわけではないが、覚悟は決まっている。一成のためならどんなことだってできる」

「そうか……お前がそれでいいなら私は止めないが、無茶はしないでくれ」

心から心配するリオーネの気遣いに、カーティアはありがとうと短く礼を言ったのだった。

■

酷く体が熱い。体の内側から焼け爛《ただ》れていくような、今まで感じたことのない感覚に襲われていた。

熱いだけではない。痛みも酷い。想像を絶する痛みとはこれほどのものなのか、と一成は今にも途切れてしまいそうな意識の中でそんなことを思う。

どのくらい熱と痛みに耐えていただろうか？

不意に、苦痛が和らいだのだ。とはいえ、体が動かせないほど辛い苦痛が、なんとか体が動かせる程度になっただけだが、当事者にとっては大きすぎる変化だった。

ゆっくりと瞼を開くと、心配そうに一成の顔を覗き込んでいるリオーネの顔が目に入ってきた。

「……リオーネ」

「気がついたか、一成！」

一成が目を覚ましたことに、安堵の表情を浮かべているリオーネ以外にも、ストラトス、キーア、シェイナリウス、レイン、ムニリア、クラリッサがいる。それぞれが心配と安堵の表情をしていた。

迷惑を――いや、心配を掛けてしまったのだと、反省した。

巻き込みたくない、みんなのことが心配だった。そんな理由で一人、突っ走ってこの結果だ。ざまあない。

「みんなに心配を掛けたよな、ごめん。あれ？　そういえば、こういう時に一番お説教するあいつがいないな……カーティアはどこに行った？」

「それは……」

「……まさか、カーティアに何かあったのか？」

　唯一この場にいないカーティアのことを尋ねても、リオーネは歯切れが悪く、彼女以外も俯いたりと一成の不安を掻き立てる。

「カーティアは隣の部屋で寝ている」

「……どうしてだよ、お師匠？」

　誰もが答えることができない中、静寂を破ったのはシェイナリウスだった。

「カーティアは今、お前の苦痛の一部を請け負ったことにより、休みが必要だ」

「なんだよ、それ……」

「お前の苦痛を和らげるために、私がカーティアへ苦痛の一部を請け負わせたのだ。まさか、一部分だけであれほど苦しむとは思っていなかった。お前がどれほどの苦しみを味わっているのか私たちは理解していなかった。すまない」

「ふざけるなっ！　なんだよそれは！　どうしてそんなことをするんだよ？　俺がいつそんなことをしてくれって頼んだんだよっ？」

　一成は激昂する。体が自由に動かせたなら、きっと一成はシェイナリウスを殴りつけていただろう。むしろ、シェイナリウスも、いや、この場にいる全員がそうされれば自己満足であるが気が晴れただろう。

「シェイナリウスだけを責めないでくれ。私たち全員が、今回のことに同意したのだ。もちろん、カーティア自身も……」

「知らねえよ、そんなこと……」

リオーネに冷たく返事をすると、一成は襲いかかってくる痛みを堪え、ベッドから起き上がる。

「兄貴っ！　何してるんだよ！」

「放せよ、ストラトス！　隣の部屋に行くだけだ！」

「カーティア様のことは悪いと思ってるけど、兄貴の方が重傷なんだよ？　苦痛が減ったからって、体が治ったわけじゃないんだ！」

「だったら、カーティアが苦しむ意味も最初からなかっただろっ！」

ありがた迷惑だとは思わない。一成のことを思ってしてくれたことだというのも痛いほどわかる。だが、それでも、された方の気持ちを考えて欲しかった。いや、考えてくれていただろう。それでも自分のためにやってくれたのだろう。

――それでも、自分のせいでカーティアが苦しんでいることが納得できないのだ。

感謝の気持ちがまったくないわけではない。だが、それでも、言葉にはできない憤りが一成の胸の中に燻《くすぶ》っていた。

体を引きずるように隣の部屋へと向かうと、薄着姿でベッドの上で苦痛を堪えているカーティアの姿があった。

額から汗を流し、痛みを堪えているのだろう、歯を食いしばっている姿を見るのが辛かった。

「なんでそんなことになってんだよ……意味ないじゃん。俺が動けるようになったのに、お前が動けなくなったら、全然意味がないじゃないか」

「それでも、カーティアは、私たちはお前に目を覚まして欲しかった」

「リオーネ……わかってるさ、そんなこと。だけど、頭でわかってても気持ちが、心がわかりたくないって思うことがあるんだよ。そういうの、わかってくれるよな?」

「もちろんだ。私たちも君がこうして怒ることは承知していた。それでも、こういう選択をしたのだ」

「そっか……」

「心配するな、と言っても気休めにしかならないだろうが、カーティアがこうも苦しんでいるのは君自身が想像以上の苦痛を味わっていたことと、彼女の体がまだこの苦痛に慣れていないからだ。彼女の体が、この苦痛がどこからやってきて、どうして体を苦しめるのかを理解できていないために、こうも苦しんでいる。シェイナリウスの見立てでは、もうしばらく経てば、今の君よりは断然動けるようになると言っている」

それが慰めにならないことを承知で、ただ事実としてリオーネはカーティアの様態を一成へと告げる。

一成は黙ってそれを聞いて、一度頷いた。

しばらく、二人は黙り込んだままだった。一成は何かを考えるように、リオーネは一成の言葉を待った。そして、

「なあ、この術って解くことできないのか?」

「……その意味を理解して言っているんだろうね?」

「もちろんだ。今、俺がこうして、動くことができるのは、少しとはいえカーティアが痛みを引き受けてくれてるからだろ。それが戻ってくれれば、またベッドの上に逆戻りだ」

「それがわかっているなら――」

「だけど、今でもかわらない。今の俺には何もできない。だったらカーティアがこんなに苦しむ必要はないだろ？」

動くことも困難で、焼けつくような痛みと、蝕むような苦しみは未だ一成を苦しめている。これでは、龍神と再度戦おうとしても何もできない。

生を諦めたわけではない。だが、大切な仲間を苦しめてまで生にしがみつきたくはなかった。

綺麗ごとだと笑えばいい。自己満足だと罵ればいい。それでも、そう思うのが椎名一成という男なのだ。

「……一、成、馬鹿な、考えは、よしてくれ」

「カーティア、お前、聞こえてたのか？」

ベッドから弱々しい声が届く。一成はゆっくりとカーティアの下へと向かうと、ベッド脇の椅子へと腰を下ろす。

「大丈夫……じゃないよな。俺だって大丈夫じゃない、こうして喋っているけど、かなりキツイんだ。意地張ってないで、頼むから術を解いてくれ」

「それは無理だ。私には、この術を解く方法を知らない。何より、私に解くつもりがない。いいか、一成。お前が私の苦しんでいる姿を見て心を痛めてくれているのはわかる。だが、同じように、私たちは、私は、お前が苦しんでいるのを見て心を痛めているんだ。それを、どうかわかってくれ」

「馬鹿野郎……苦しんでるのが二人に増えただけじゃないかよ」

「フフっ、そうだな、その通りだ。しかし、お前が目を覚まし、動くことができる。それでいいんだ。いいか、お前にはまだすることがあるんだぞ。龍神は必ず現れる。だから戦ってくれ、一成」

「……ああ、わかったよ。戦うよ、死にたくないから。だけど、お前が俺の苦痛を背負ってることとは別問題だぞ?」

「わかっている。だが、返す気はない。今はそれで納得してくれ。お前が龍神を倒したらこの痛みを返そう……約束、だ」

会話することだけで気力を使い果たしてしまったのか、カーティアは静かになってしまった。

「お、おい!」

　慌てる一成の横から、リオーネがカーティアの脈をとる。

「大丈夫だ、気を失ったのだろう。体への負担もそうだが、君がこうして動いていることに安心したんだろう」

「……一方的に約束しやがって」

「一成、いい男の条件は、女との約束を守る男だぞ？」

「男女差だよ、それ」

　一方的に約束をさせられたというのに、一成の表情にわずかに笑顔が戻っていた。カーティアの無事を確認できたことが大きいだろうが、冷静になれたというのもある。

　やはり未だ、カーティアに自身の痛みを移したことに思うことはある。同時に、自身を思ってくれた結果だともわかる。もう頭の中はごちゃごちゃだ。怒るべきなのか、喜ぶべきなのか、わからなくなってしまっている。

　だが、するべきことはしよう。龍神がいずれまた目の前に大きな壁として立ちふさがるだろう。負ければ死だ。仲間たちとのこれからもなければ、元の世界に戻ることもできない。

　ならばカーティアと約束したように戦おう。戦って勝とう。そう一成は決意するのだった。

「一成、君に言っておかなければいけないことがある」

カーティアの部屋から出たところで、一成はリオーネに呼び止められる。伺える表情は暗く、これから決して明るい話をするのではないと予想ができてしまう。

そして、

「隠し事はできない。もしかしたら君自身も気付いているかもしれないが、苦痛を和らげたからといって苦痛が取れたわけではない。カーティアに移したのも表面上のものでしかないいんだ」

「つまり?」

「今、君の体は龍神が放った神気によって焼かれ、蝕まれている。これは人にとって、いや異種族にとっても猛毒を浴びた状態だ。このままでは、いずれ君の命は神気によって失われてしまうだろう」

予想通り、絶望的な言葉が一成へと放たれたのだった。

■

　同時刻、サンディアル王国領土と帝国領土の国境にて、サンディアル王国の兵士約二〇〇名が確認されていた。帝国領土の巡回をしていた獣人たちが、武装した兵を発見し、急ぎ帝都と近隣の街に使い魔を放つ。

「待て、サンディアル王国の兵よ！　こちらは帝国陸軍に所属する巡回部隊だ。どのような用事で帝国領土へと足を踏み入れようとする？」

　鎧を身に纏った獅子族の獣人が、黄金の鬣をなびかせ、威嚇するように牙を覗かせ吼《ほ》える。

　だが、兵士たちを率いていた金髪の青年は、獣人の咆哮《ほうこう》に臆することなく、涼しげな顔を崩すことはなかった。

「失礼。私はサンディアル王国の者です。聖女アンナ・サンディアル様の近衛部隊を率いているニール・クリエフトと申します」

「我は獅子族のドーズ。帝国陸軍巡回部隊の部隊長の一人だ。それで、聖女殿の近衛隊長殿がどのような用件だ。見れば、聖女殿はおられないようだが……」

　ドーズと他数名の獣人が、唸り声を上げて警戒する。

　数では圧倒的に負けているが、獣人が本気を出せば人間二〇〇人くらいなら、勝つことができないまでも、それなりの被害を与えることはできる。

「おっと、誤解しないで頂きたい。私たちは、帝国と事を構えるつもりは――現状ではありません」

「現状では、か。ならば目的を！」

「人間が三名、帝国にいらっしゃいますね？」

ニールの問いに、ドーズは相手の意図を探るように答えていく。

「知っていると思うが、帝国にも人間は多く暮らしている」

「はい、知っています。ですが、そのような意味で言ったわけではありません。私が言う三人とは、ストラトス・アディール、キーア・スリーズ、カーティア・ドレスデン。こちらの三名を引き渡して頂きたいのです」

ドーズは三人のことを知っていた。ドーズだけではない。帝国軍では、元勇者である椎名一成を保護していること。そして彼の仲間である人間が帝国で暮らしていることも伝えられている。

そのことに関しては、複雑なのが現状だ。心情的には、異世界から召喚され道具として扱われた一成に同情の声は大きい。だが敵対していたのも事実。いくら彼らによる被

害が大きくなかったとはいえ、そう簡単に折り合いがつけられるものではない。帝国軍では
だが、それでも、一成が黒狼から子供たちを助けたことも伝わっていて、
様子を見ようという意見が多かった。
それゆえに、彼を追いかけてきた人間の仲間も立派な客人である。何よりも、彼らが
異種族の命をほとんど奪っていないことが様子を見るという程度に収まった大きな理由
だった。
「我にはその権限がない。上官へ伝えるので、どうかこれ以上帝国領土を進むのを待って欲しい」
それがドーズにできる最大の譲歩であった。
しかし、
「それは困ります。私たちは二〇〇人という少ない人数でやってきました。それは大部隊では時間をとられてしまうからです。つまり、時間がないのです。申し訳ありませんが、このまま進行させていただきます」
そう言って、ニールは馬を進めようとする。
「待て！」

「いいえ、待ちません。同盟国ならいざ知らず、サンディアル王国と帝国は敵対している国です。言い方は悪いですが、私が貴方の言うことを聞く必要はない」

「それは、宣戦布告と受け取っていいのだろうな？」

グルル、と唸るドーズにニールは笑みで答えた。

「はい、そう受け取ってください」

その時、ニールの横に馬をつけていた小柄で眼鏡を掛けた少年が、痺れを切らしたように言った。

「ねえ、もういいじゃん。グズグズしてないで、さっさと行こうよ！　僕らには時間がないんだからさ」

「そうですね、勇者様」

ニールの言葉に、ドーズの動きが止まった。彼の表情には驚きが張り付いていた。

「今、なんと言った……勇者、だと？」

「うん、僕は勇者さ。死んじゃった前の勇者よりも優秀な勇者だよ」

信じられないとばかりに、ドーズが勇者を名乗る少年を見る。こんな子供が勇者だということが呑み込めないのだ。

それでも勇者と名乗り、帝国領土へ許可もなく立ち入るのならば捨て置けない。

ドーズと部下の獣人たちは、それぞれに得物を構え、敵対の意思を込めて唸る。

「通りたければ、我らを倒してから行け！」

「じゃあ、そうするよ」

勇者は子供らしい、それでいて嗜虐《しぎゃく》めいた笑みを浮かべる。とてもではないが勇者とは思えない笑みだとドーズは思う。一度遠くから子供たちと遊んでいるのを見た、椎名一成の方がよほど勇者に相応しい笑顔を持っていた。

「行くぞ！」

ドーズは部下と共に、勇者たちに襲い掛かる。

二〇〇人相手にはまず勝てないだろう。数の差というのは恐ろしい。だが、送り出した使い魔がその役を果たすまでの時間を稼ぐつもりだった。

しかし、ドーズは次の瞬間、信じられない光景を目にした。

「……なっ!?」

それは本来ならありえないことだった。

人間の数倍の身体能力を持つ獣人が、例え鎧と武器を装備しているとはいえ、襲い掛

かったのだ。人間にとって、追いつける速さではない。

だというのに、ニールに向かった部下二人が、唐竹割《からたけわ》りに斬り裂かれ左右に崩れ落ち、横一文字に上半身と下半身を分割された。

どしゃり、と音を立てて、内臓と血を地面にぶちまける。二名の部下が一瞬で死んでしまった。

ニールの放った剣筋がドーズには見えなかった。

そして、さらに信じられないことが続く。勇者と名乗った少年から放たれた魔術が、部下を斬り裂き、バラバラにしてしまう。

あっという間の出来事だった。部下を失ったドーズは言葉が出ない。

「あれ、獣人ってこんなに弱いの？」

「いいえ、勇者様がお強いのですよ」

そんなことを言って、二人は笑う。部下の命を奪われたドーズがそれを許せるわけがなかった。

「うぉおおおおおおっ！」

つんざくほどの咆哮を放ち、全力で地面を蹴る。

「うわっ、速い！」

勇者の放った風の魔術で左腕が飛ぶが、武器は右腕に持っている。問題はない。

ドーズはニールの乗っている馬の首を切り落とす。馬が倒れると同時に飛んだニール目掛けてさらに襲い掛かる、が——獣人である彼にも見えない剣筋で武器が斬り裂かれてしまう。

「だが、まだ我には獅子の爪があるっ！」

鋭い爪をニールに突き立てようと、腕を槍のように放つ。

しかし、やはり届かなかった。

腕は斬り飛ばされ、首を跳ねられた。噴水のように血が噴出し、ニールの白い鎧を真っ赤に染める。

ドーズは信じられなかった。首を跳ねられた瞬間、まるで赤子の手をひねるかのように簡単にあしらわれたことが本当に理解できなかった。

そして、何も理解できないまま、絶命する。

「人間など比べ物にならない身体能力を持つ獣人が、これほど簡単に倒せるとは……この力は実に素晴らしい」

誰に聞かせるわけでもなく、そう呟いたニール・クリエフトの瞳は狂気に染まっていた。

「これで火種は生まれました。もう後戻りはできません。この火種を炎に育て、再び帝国とサンディアル王国の戦争を起こしましょう。勇者という操りやすい手駒も実に使いやすい。アンナ様のためだと言えば疑わずに言うことを聞くのですから。さあ、復讐の始まりです。奪われた者の怒りを知らしめましょう」

これから始まる復讐劇に、ニールは恍惚《こうこつ》の表情を浮かべるのだった。

■

ドーズ率いる巡回部隊が壊滅したという情報が入ってきたことに、リオーネは驚きを隠せなかった。

「なんだとっ！　サンディアル王国の兵士たちがこちらに向かっているだと？　クラリッサ、それは間違いないのか？」

「はい、残念ながら間違いありません。間違っていてほしいと何度も確認をしましたので……」

「なぜこうも早く……先の戦争が終わったばかりだというのに、何を考えている？」

既に遭遇した巡回部隊が三部隊、壊滅されている。しかも、まるでこの街にリオーネたちがいることを知っているかのように、真っ直ぐ向かってきているのだ。これを偶然の一言で済ますことは決してできない。

「クラリッサは王都へ使い魔を放て。王都の兵は守りを固めるように、戦えない怪我人、非戦闘者は避難するようにと伝えろ」

「かしこまりました、直ちに」

言葉と共に立ち上がると、クラリッサは部屋の窓を開け放ち、使い魔を放つ。使い魔は情報と指示を持って王都へと飛び立っていく。

「ムニリアはこの街にいるハイアウルス殿に連絡を取り、部隊を編成し、この街へとサンディアル王国の兵を入れるな。戦いを避けられるなら避けてもらいたいが、無理だと判断したら迷うことなく応戦しろ」

「はっ」

短く返事をし、ムニリアは部屋から飛び出していく。

「クラリッサ、伝わっている情報の中で、サンディアル王国の兵の目的がカーティアたちだというのは本当か？」

「はい、確認済みです」

「このことは三人には？」

「申し訳ございません。使い魔の声を聞かれてしまい、すでに知っておられます」

「そうか……そうなると、三人はここから立ち去ると言っているだろう？」

「はい、正確には帝国から出ていくと。現在、シェイナリウス様が引き留めておりますが……カーティア様はあの体だというのに這ってでも出て行ってしまいそうな勢いです」

　はあ、とリオーネはため息をつく。カーティアたちの行動があまりにも予想通り過ぎていた。

　猪突猛進《ちょとつもうしん》とは言うつもりはないが、もう少し考えて動いてもらいたいと思ってしまう。そもそもカーティアは無理をすべきではない体だ。少しずつ動けるようになり、苦痛も軽減しているらしいがそれでも安静にしてほしいと思うのに。

　そんなリオーネの想いを嘲笑うように、龍神の次はサンディアル王国の兵が現れたのだ。

「一成はどうしている？　彼もこのことを知っているのだろう？」

「あの、ええとですね……」

「どうした？」

言い出しにくそうに口ごもるクラリッサにリオーネが首を傾げる。

「その、やる気満々で戦う準備をしています……」

「……本当か？」

「はい、残念ながら……」

「ついてきてくれ。今から、馬鹿を止めに行くぞ」

呆れた表情を浮かべたリオーネは一成の下へと急ぐのだった。

■

「一成、お前はジッとしていろ。サンディアル王国の目的は私たちなのだぞ？」

「だからって、そんな体でお前たちが出ていくなら俺は俺で戦わせてもらう」

「頼むからやめてくれ！」

一触即発の雰囲気で一成とカーティアが顔を突きつけて、言い争っていた。

お互いのことを思い言葉を放っているようだが、感情ばかりが先走っているのはストラトスとキーアの子供組でもわかる。

だが、二人とも折れることができないのだ。

カーティアは自分たちのせいで再び戦争が始まるくらいならば、ここから立ち去ろうと思っている。

一成は、そんなことをさせたくないので戦おうとしているのだ。

「魔王！　頼むから兄貴たちを止めてくれ！」

リオーネたちが一成の部屋へ現れると、二人に気がついたストラトスが最後の綱だといわんばかりに駆け寄ってくる。

「何をしているんだ、お前たちは……口論する元気が出たのはいいことだが、この非常時にすることはないだろう……」

呆れた表情を浮かべたリオーネが現れたことで、二人の口論が止まる。

「カーティア、体の具合はどうだ？」

「我慢できないほどではない、大丈夫だ。それよりも、申し訳がないとしか言いようがない……私たちのせいで、すまない」

「違うっ！　そうではない！」

カーティアの言葉を、リオーネが強い言葉で遮った。そして、はっきりと告げる。

「例え、サンディアル王国の目的が君たちであったとしても、決して君たちのせいではない」

「そう、言ってくれるのは正直嬉しい。だが、私たちが狙われているのであれば、サンディアル王国の目的がどうあれ、原因のひとつであることは変わりないのではないか？」

原因となったことを意識しているのか、カーティアの言葉は暗い。ストラトスとキーアも俯いてしまっている。

無理もなかった。カーティアたちが狙われる理由は十分にあるのだ。先の戦で勇者と聖女の仲間としてサンディアル王国はもちろん、連合諸国に名前は広がっている。そんな彼女らが敵国であった帝国にいるというのはサンディアル王国にとって隠しておきたいことであることに間違いがない。

聞けば、ストラトスとキーアはサンディアル王国兵と戦ってまで帝国へとやってきたのだ。反逆と見られても不思議ではない。

だが、それも聖女アンナ・サンディアルが椎名一成を裏切ったからだ。そして、生存を信じて仲間たちが集ったのだ。

誰がそのことを責めようか？

少なくとも、リオーネにはできなかった。そんな二人を励まそうと思ったわけではない。無駄な励ましは時に相手の心を傷つけてしまうこともあるのだから。

ゆえにリオーネは真実だけ言う。

「サンディアル王国、いや連合諸国との戦争は休戦しているように見えるが、休戦協定も何も行われていない。連合諸国からすれば、帝国は敗戦国でしかないだろう。帝国が再び攻められることは想定内だった。ゆえに巡回部隊を強化していたのだが……まさかこうも突破されることになるとは思いもしなかった」

そこだけが想定外だったと、リオーネは唇を噛みしめた。

しかし、とクラリッサが問う。

「どうしてこのタイミングでカーティア殿たちを狙うのでしょうか？」

カーティアもわからないと首を横に振る。リオーネも同じく理由がわからなかった。

彼女たちが帝国へと来てからそれなりに日にちが経っている。追っ手だとすれば、正直遅いと思う。

「あの……でも、やっぱり、私たちが原因なんですよね。そのせいで、帝国の人が死んでしまったんですよね？」

キーアが涙を零しながら問うてくる。リオーネだけではない。クラリッサもカーティアも返事ができなかった。肯定するのは簡単だが、まだ幼さを残す少女にそうしていいものかと躊躇《ためら》わされた。

ゆっくりと口を開いたのはリオーネだった。

「いや、再度言うが、君たちのせいではない。しかし、聖女が絡んでいるとしたら厄介だな……」

「魔王様、厄介とはどういうことでしょうか？」

「彼女は聖女と称えられていると同時に、今では魔王を倒した勇者の仲間——つまり英雄的存在だ」

実際には、魔王は倒されてはいないし、勇者も帝国にいるのだが、そんなことをサンディアル王国の人間は知らない。

「彼女の言葉には力がある。もともと王女なのだから。だが、武勲を立てた今、その力は兵だけではなく、民さえも動かすだろう」

そうなれば、再び戦争が起きる可能性が高い。とはいえ、今起きている問題である、カーティアたちを狙う理由はわからない。もしかしたら椎名一成を匿《かくま》っていることがサンディアル王国に暴かれてしまうのも時間の問題かもしれないと思う。

「そうなると……私たちを狙う目的は――やはり、口封じだろうか？」

考えた末に、カーティアは口を開いた。その言葉に、キーアとクラリッサもハッとする。

アンナは魔王を倒した――と思っている――が、同時に勇者を犠牲にしている。そのことを知られたくないゆえに、兵を動かしたのではないかとカーティアは思ったのだ。

考えれば当たり前だ。聖女と慕われ、サンディアル王国の第二王女でもあるアンナ・サンディアルがいくら魔王を倒すためとはいえ、勇者を犠牲にしたということは民に知られてしまえばあまりにもデメリットが大きい。すでにもう、勇者の死はねつ造され伝わっているのだ。仮に今、カーティアたちから民に真実が伝われば、信じる信じないは別としてなんらかの影響は出るかもしれない。

「考えられないわけではないが、今回の一件と口封じは違うだろう」

しかし、リオーネはその意見に反対だった。

「どうしてそう思う？」

「口封じをしたいのであれば、本当に信頼が置ける者、もしくは優秀な暗殺者を刺客として少人数送ればいい。だが、ニール・クリエフトは聖女の親衛隊長であると堂々と名乗っている。口封じの可能性がないとは言いきれないが、行動と目的が伴っていないように思える」

仮に、とリオーネが続ける。

「もし口封じが必要であるならば、その場に居合わせなかったカーティアはともかく、他の者はその場で口封じされていたはずだ」

その言葉に、しん、と静まり返ってしまう。

「ですが、魔王様……彼らは現にカーティア殿たちの引き渡しを要求し、殺すとドーズ部隊長へと言っています、これは――」

「わかっている。だから私は思うのだ。これはサンディアル王国の、いや聖女も知らない、ニール・クリエフトの独断だということではないだろうか？」

まさか、とクラリッサだけではなく、カーティアもキーアも言葉を失う。

そんなことを勝手にして、いったいどんなメリットがあるというのだ？

誰もが疑問を浮かべている中、唯一静かな男がいた。それは一成だ。

「今さら聞くが、何をしているんだ？」

「何って、戦う準備だ。ムニリアたちが戦うのに、俺がここでのんびりしているわけにはいかない。目的はカーティアたち三人で、理由はわからない。引き渡すなんて論外だ。なら戦いになるのは目に見えている。サンディアル王国兵は部隊を三つも壊滅させてここまで来てるんだ。ここで、引いてくれって言っても、はいわかりました、なんて返事が返ってくるとは思えない」

「だからと言ってお前が戦わなくても……一成、お前は龍神との戦いのせいで体が限界なはずだ。なのに、どうして？」

カーティアの声が泣き声のように聞こえた。

だからこそ、一成ははっきりと言い切った。

「お前たちが俺を生きていると信じて帝国に来てくれたように、苦痛にのたうち回る俺に負担を減らそうとしてくれたように、俺も無理をしてでもお前たちを守りたいんだ」

こんな体で戦うなど無茶も承知。それでも戦わなければいけない理由があるのだ。

「一成……その言い方は卑怯だ」

「卑怯でもいい。どっちにしろ、龍神がいつ来るのかわからないんだ。明日か、それとも数分後なのか、いつ来るのかわからない龍神に怯えているよりも、今、目の前に迫りくる敵をなんとかすることの方が大事だろう？」

笑って見せる一成だが、その笑みは誰もがわかるほど痛みを堪えているように見えた。誰もが一成を戦いに出させていいのだろうかと疑問に思う。同時に、駄目だとわかっている。しかし、きっと一成は止まらないだろう。いや、止まれない。理由ができてしまったから。

カーティアは一成の腕をそっと掴むと、懇願するように声を出す。

「頼む一成、ならば龍神が来るまで体を休めていてくれ。まだサンディアル王国と戦うことになったわけではないんだ。だから、お願いだ」

「カーティア……」

「兄貴、俺からも頼むよ。無理してほしくないのはみんな同じなんだ。兄貴が俺たちを守りたいみたいに、俺たちだって兄貴を守りたいって思ってるんだよ！」

「ストラトス……」

弟分からも、そして訴えるように妹分からも視線が突き刺さる。

「どうするつもりだ、一成？　どうせ止められないことはわかっている。ならばはっきりと決めてくれ。私たちはその上で、無理をさせないようにサポートする。間をとってそれでいいだろう」

収集が着かない、仲間通しの想いのぶつけ合いにリオーネが割って入り折衷案を出す。

「……どうせこの馬鹿は戦場へと向かうさ」

だが、一成も先にカーティアが諦めたように声を出した。一成のことを理解しているゆえの発言だった。

「馬鹿って、酷いな……まあ、でも合ってるよ。俺はやっぱり行こうと思う。理由はさっき言った通り、大事なお前たちを守りたいから。それに――」

「それに、なんだ？」

口ごもった一成に、カーティアが不思議そうにする。一成の雰囲気が一瞬だが、変わったように感じたのだ。

「なんだか、強い力が近づいてくるんだよ。そう感じるんだ。その力が俺を急かすんだ。まるで俺を呼んでいるようにさえ思える」

「なんだ、それは？　私には感じないぞ。リオーネお前はどうだ？」

カーティアに問われリオーネは首を横に振って否定する。この中でそんな感覚を感じているのは、どうやら一成だけらしい。

「それを確かめるためにも、ここでジッとしていられないんだ。悪いな、みんな」

「はぁ……仕方がない。これが椎名一成だったな。うん、一年以上も付き合っていて忘れていた。まったく、人のことを猪突猛進とか言う癖に、なんだかんだいって一番お前がそうじゃないのか？」

「あー、たしかに、兄貴って割とそういう感じだよね」

「わかります。すぐ無茶をするし、後先あまり考えてないっていうか……」

仲間たちから呆れたように総突っ込みを受け、一成は苦笑するしかない。

気付けば、この場にいるリオーネ、クラリッサも苦笑していた。

「俺のことをそんな風に言うけど、お前らも人のことを言えないと思うんだけど……」

「なら丁度いい、私も戦場へと共に行くぞ？　駄目だとは言わせないからな」

「俺も！」

「私もです、もちろん！」

「ほら、やっぱり似た者同士だな。じゃあ、行こうぜ」

一成は苦笑しながら、弟分と妹分の頭を撫でて、カーティアへと頷く。彼女もまた頷くことで応えてくれた。

「私は立場ゆえに戦場へと向かうことができない。帝都とこの街の避難が完了次第、応援に向かおう。ただ、一成、一つ忘れないでおくんだぞ。サンディアル王国では、私と君は死んだことになってる。だから、戦闘になっていなければむやみやたらに姿を見せるべきではない。それだけは約束してくれ」

そう、一成とリオーネは相打ったことになっているのだ。神の器として召喚されたという事実を知ったが、立場が勇者であった一成が帝国の味方として現れると無駄に混乱を招くだろう。

リオーネの助言に、一成は頷くと、仲間と共にムニリアたちがいる前線へと向かうのだった。

■

「ようやく見えてきましたね。あそこの街にストラトス・アディール、カーティア・ドレスデン、キーア・スリーズの三名がいます」

馬に乗りながら、目の前の街を指差すのはニール・クリエフト。長い髪をなびかせながら、帝国といういつい先日まで戦争をしていた敵国の領土内で涼しい顔をしている。

「へえ、凄いね。居場所なんかもわかるんだ？」

感心したようにニールを見る少年は、サンディアル王国に新たな勇者として召喚された結城悟。

二人と、彼らが率いる部隊は、リオーネたちが滞在する街のすぐ傍まで近づいていた。

「でもよかったよ。いい加減、異種族を相手に無駄な戦闘をするのも飽きてたしね。それに……続く戦闘で兵も半分になっちゃったからね」

後ろを振り向けば、彼の言葉通りに数を減らし疲弊している兵たちがいた。二〇〇人いた兵たちは、鎧兜に身を包み、武器を持ち、魔術を使える者もいたにも関わらず、すでに率いていた兵は半分を切ってしまった。

兵たちが弱いのか？

否、異種族が強いのだ。それは昔から、誰もがわかっていたこと。しかし、ついこの間こちらの世界へやってきた悟にはそれがわからない。さらに、魔術の才能に長け、小さな傷しか負っていない悟からすれば、彼らは正直邪魔だと思えてくるのだ。

「ええ、まさかこれほど異種族が巡回部隊に力を入れているとは思いませんでした。余程帝国は人間が怖いのかと」

悟の心情を察したように、遠回しに悟の実力が異種族よりも上だと言葉をかけるニールだが、そんな声も悟には届いていないようだった。

それでもニールは彼を責めることはしない。ニール自身も、この状況を仕方がないと思っていたのだ。

ただし、二人には大きな違いがある。悟にとってはゲームなどの感覚で、機械に足を引っ張られている気分になっている。兵を人として見ていないのだ。対してニールは、犠牲も必要だと割り切っている。

結果として二人は被害が出ることを当たり前だと思っているが、その胸の内は大きく違っていた。

「まだ魔力には余裕があるけど、少し体力の方に自信がないかな。どうやら僕って根っからの魔術師タイプみたい」

悟はこれまでの戦闘で若干傷つき、魔術を消費しているが、それでもまだ戦闘を行うには余裕がある。だが、戦いを続ける体力が少なかった。こればかりはどうしようもないと諦めるしかないのだが、悟としては納得がいかない。

勇者として召喚されたのならば、魔術師として長けているのではなく、勇者として強く在りたいと思ってしまうのだ。何よりも、そう思ってしまう理由のひとつが隣にいるニールだった。彼は涼しげな顔をしている。幾度と戦闘を行い、戦闘の最前線に立ち敵を屠《ほふ》ってきたというのに、疲れどころか呼吸さえ乱れていない。

その姿は悟から見ても異常だった。

敵の返り血で白い鎧と制服は真っ赤に染まっているというのに、彼にはかすり傷ひとつついていない。

獣人も、鬼も、精霊の攻撃もすべてニールに届くことはなかった。彼は何事もないように、敵の攻撃も、魔術も、そして異種族たちをすべて一瞬で斬り捨ててきたのだ。

強い、という言葉では足りない実力だった。認めたくはないが、きっとニールがいなければ部隊の数はもっと大きく消耗し、悟自身もそれ相応の傷を負っていたかもしれないとまで思えてくる。

「やっぱり僕にはまだまだ力が足りない……」

「そうでしょうか？　悟様は十分にお強いかと思いますが」

ややと自重するように呟いた悟に、ニールが賛辞の言葉を向けた。召喚され、この地にやって来てから数えるほどしか時は経っていないが、彼の力は素晴らしいものだとニールは思っている。前勇者である椎名一成も、実力を秘めていたが、魔術が使えないという勇者として大きなハンデを持っていた。

魔術が使えないことを問題視するつもりはニールにはない。ニール自身も魔術は使えないのだから。だが、それが勇者なら問題になるかもしれない。

実際、魔術を使えない一成を勇者と認めるべきかという声はあった。だが、その声を抑えてしまうほどの実力を持っていたゆえに、彼は勇者として認められた。

悟は一成の逆だ。

魔術の才能は豊富であり、魔術を覚えてからまだ日は浅く覚えるべき魔術は多々あるが、それでも覚えた魔術に応用を利かせ、四肢のように自在に操っている。まだ甘いところは見られるが、経験を積めばそれもなくなるだろう。

一方で体術は苦手だが、それを補うほどの魔術を持っているのだ。面白いくらいに、前勇者とは真逆だった。

そして、悟自身がそのことを自覚しているために、これからも強くなっていくだろうとニールは思っている。

強くなりたい、褒められたい、認めてほしい、自分のことを見てほしい。みんなに注目してほしい。

悟にはその欲求が強い。強すぎるのだ。まるでそれだけが原動力のように思えてしまうほど。本人は必死に隠しているようだが、わかる者にはよくわかる。

だが、その感情を悪いとは思わない。誰もがごく普通に思うことであるからだ。

だから悟は強い。そしてこれからも強くなる。ニールはそう信じて疑わなかった。

「そうかな？　でもニールさんの実力を見ちゃうと、自信がなくなるよ」

「そんなことはありませんよ。私には剣しかありませんので。それに比べて、悟様は魔術の才能に恵まれ、何よりもただ魔術を使うのではなく応用し、臨機応変に自在に扱う。確かにまだ発展途上ではありますが、戦えば同じ魔術師ではそうそう相手にならないと思います」

「本当に？」

「ええ、本当ですよ。きっとあなたならばアンナ様に相応しい勇者となってくれると私は信じています」

ニールは相手が少女や女性であれば、心を奪われそうな優しげで魅力的な笑みを浮かべ甘い言葉を悟に向ける。

実力者に褒められた悟は気分をよくし、彼は嬉しそうな表情を浮かべた。

何よりも、仄《ほの》かな想いを抱いている相手の名前を出されたのだ。自然と気分は高揚してくる。

「さあ、早く三人を始末してアンナ様の下へと戻りましょう」

「そうだね。僕たちがアンナ様を守らなくちゃ！」

実に誘導し甲斐があるとニールは内心笑みを浮かべた。悟はある意味純粋だった。彼が地球という世界でどのような生活をしていたのかは知らないが、彼がどう在りたいかというくらいはわかる。

強者になりたいのだ。

きっと、地球では弱者であったのだろうと推測できる。ゆえに、力に憧れる。恋い焦がれる。

物語に出てくるような勇者に選ばれたということや、一人で別世界に来てしまった悟に優しくしてくれる可憐なお姫様。

彼は強くなるしかないのだ。初めから、選択肢などない。結城悟は強者でなければ存在する意味がないのだ。そのことに本人は気付かない。気付くことができない。いや、気付かせてはいけない。

ゆえに、ニールが上手く誘導する。所詮、彼は道具だ。本当の勇者ではないのだから。ニールは少しだけ、悟のことを哀れに思う。自身で哀れにしておきながら、哀れに思ってしまう。だが、それだけ。少し哀れに思うだけだ。ニール自身が、それほど悟に対して好感を抱いていないのでその程度しか思えない。

もうすでに自分の描いたように物語は進んでいるのだから。

――申し訳ありませんが、利用させていただきますよ「勇者様」。

火種を作るために、戦争を起こし、ニールから大事なものを奪ったサンディアル王国に復讐するために。

だが、ニール・クリエフトは知らなかった。

目の前の街には、自分たちが目的とする人物だけがいるわけではないことを。

魔王の側近であるクラリッサ、ムニリアという実力者がいること。

そして何よりも、魔王リオーネ・シュメールと元勇者椎名一成がいることを知らなかった。

「さあ、悟様。帝国の兵がお出迎えです。戦う準備をしてください！」

目の前に広がるのは漆黒の鎧に身を纏った騎士を中心に展開する、帝国兵たち。

戦いさえ起きれば、ニールの思い描いたように出来事が進んでいく。そう信じて疑わずに、にぃと歪んだ笑みを浮かべるのだった。

■

ムニリア率いる即席の部隊はすでにサンディアル王国兵たちと対峙していた。

帝国兵はサンディアル王国兵と向かい合う形となる。部隊長をムニリアとし、副隊長をハイアウルス・ウォーカーが務めて、彼の娘であるシェイナリウスとレインが補佐をしている。多くの兵がエルフであり、その数は全体の七割だ。残りの三割は、獣人、鬼族で構成されている。

その人数はおおよそ一〇〇名。偶然にも、兵の半分を失ったサンディアル王国の兵たちと同じ数だった。

「ムニリア殿、どうされますか？」

ハイアウルスに、ムニリアは漆黒の兜の中から返事を返す。

「まずは目的を問いただす。そして、帝国領土からの撤退勧告をする」

「……ここまでやってきた奴らが撤退勧告を聞き入れますか？」

「いや、それはないだろう。だが、会話もなく戦うなど、悪魔にも劣る行為だ。それに、私は可能性があるのであれば、会話ですませたい。無理だとわかっていても、些細な可能性に掛けたいのだ。これ以上の犠牲はどちらにも出してはいけない。何よりも戦争の火種となってしまうならなおさらに」

すでに多くの帝国兵が倒された。同時に、サンディアル王国の兵も数を失っている。これ以上に犠牲を出すことをムニリアはよしとしなかった。

だが、すでにサンディアル王国兵たちは、ここまで進軍してきている。ハイアウルスの言う通り、今さら撤退勧告を聞くとは思えない。それでも可能性を捨てることはできなかった。

戦うことを覚悟の上で、そう決めたのだ。

ムニリアだけではない、今ここに居る兵士たち全員に守る者がいるのだ。守りたいものがあるのだ。

帝国領土には街や村はそう多くはない。帝都であるイスルギを中心に、大小の街や村があるが、基本的に民は離れていたとしても、王都からそう遠くない場所で暮らしている。この街も王都から遠くはない。

守らなくてはいけないものが、すぐそこにあるのだ。犠牲を出したくない。それはいことだと思う。理想だ。だが、守るものがある以上、理想だけでは生きていけない。

ムニリアはサンディアル王国の兵を見据える。帝国の王都近くまでたった二〇〇名で進軍し、今では半分の数になったというのに退く気配がない。

――一体、何を考えている？

考えるが、答えにたどり着くことはできなかった。そんなムニリアの思考を切り裂くように、よく通る声が響いた。

「帝国軍の将軍であらせられるムニリア殿とお見受けします」

驚いたことに、最初に声を発したのはサンディアル王国側からだった。声の主は、白い制服と鎧を返り血で真っ赤に染めているにもかかわらずに、涼しげな顔をしているニール・クリエフト。

馬を操り、兵たちよりも前へ進み出る。

「いかにも、私は帝国軍将軍が一人、ムニリア！　あなたはサンディアル王国の者で間違いないか？」

同じくムニリアも馬を前に進める。

サンディアル王国側も、帝国側も兵たちは固唾《かたず》を呑《の》んで見守っている。これから戦いが始まってしまうかもしれないのだ。それぞれが武器を握り締め、いつでも魔術を放てるように身構えている。

一触即発の中、ニールとムニリアは冷静に会話を続ける。

「ええ、私はニール・クリエフト。アンナ・サンディアル様の近衛騎士です」

「……その近衛騎士殿が、一体帝国に何用だ？　見たところ、聖女殿はいらっしゃらないようだが？」

「はい、今回の一件に、アンナ様は一切関わっておりません」

「ほう、ではあなたの独断ということか？」

「そう受け取ってくださって結構です」

表向きは冷静に返事を返してみたものの、ムニリアは正直、兜で顔が隠れていてよかったと思っていた。でなければ、困惑した顔を見られていたに間違いない。

そもそも意味がわからないのだ。

見たところ、一見、血に染まっているが、彼自身は傷を負っていないことからかなりの実力者であろうことが推測できる。そのことからも、目の前の男が近衛騎士だということには驚きはしない。

しかし、聖女の近衛騎士である彼が、聖女から離れてこの場にいることが困惑する理由だった。何よりも驚かせたのは、聖女は今回の件に関わっていないと言い切ったことだ。もちろん嘘という可能性もあるわけだが、彼が嘘をついているようには見えない。

近衛騎士の独断で今回の一件が起きたのか？

下手をすれば再び戦争が起こるようなことをしていることに、この男は気付いているのだろうか？

いや、それともそれこそが目的なのか？

「簡潔に問おう。あなたの目的は？」

「カーティア・ドレスデン、ストラトス・アディール、キーア・スリーズの三名が帝国にいることはわかっています。この三名を私たちに引き渡していただきたいのです」

やはり目的は三人か、とムニリアは小さく舌を打つ。そうでなければいいと内心思っていたが、同時にそうであることはわかっていた。だが、それでも僅かな期待をしていたのだ。

「確認させよう。だが、仮にいたとして、私にはその三名を引き渡す権限がない」

時間を引き伸ばし、できるだけの情報を得ようと試みる。が、しかし、それは通用しなかった。

「いいえ、あなたにはその権限があるはずです。将軍と名のつく役職にいる方々の中であなたが一番権限を持っていること。もっとも魔王に信頼されていること。そして、帝国でも五指に入る実力の持ち主だということも存じています。それに、時間を伸ばし私から情報を引き出したいようですが、探している三名があなたの背にしている後ろの街にいることはわかっています……武人としては優秀かもしれませんが、駆け引きには向いてませんね」

そうニールは笑みを深めた。彼の口から出た情報に、ムニリアから敵意が露わになる。

実を言えば、ニールの言う通り、ムニリアにはカーティアたちを引き渡す権限がある。だが、それは魔王が「不在」であればだが、今この国に魔王は「不在」ではない。ゆえに、今はその権限がないということは間違ってはいない。

ムニリアは疑問に思う。自身の緊急的権限を知る者は多くない。だが、それを知っており、なおかつ、三人が後ろの街にいること確信しているこの男が不気味だった。

「……お前は一体、何者だ？」

帝国に内通者がいるのだろうか、と疑ったが、それはないと思い直す。内通者が仮にいたとするならば、カーティアたちのことと同時に、魔王と勇者の生存も知っているはずだから。

「私はあなたたち異種族などには逆立ちをしても勝つことができない、弱い人間ですよ」

「その人間が、同胞たちを倒してきたというのか⁉」

「ええ、その通りです」

ニールは涼しげな笑みを浮かべたまま頷いた。ムニリアにはそれが余裕なのだと感じた。

サンディアル王国側と帝国側の兵の数は同じ。だが、人間と異種族という力の差は隠せない。同じ人数ならば、人間が圧倒的に不利だと思うはずだ。

――「普通」ならば。

だというのに、目の前の男からは焦りがない。不安もない。感じるのは、自信と、余裕だった。

「あらためて言いましょう。私たちも好き好んで戦いをしたいわけではありません。カーティア・ドレスデン、ストラトス・アディール、キーア・スリーズの三名を、私たちに引き渡してください」

「仮に、その三名が帝国にいたとして、貴様はどうするつもりだ？」

「殺します」

ムニリアは耳を疑った。

――今、目の前の男はなんと言った？

「……な、に？　貴様は今、なんと言ったのだ？」

あまりにも自然に、平然に言い放たれたニールの言葉がムニリアには理解することができなかった。

「ですから、その三名を殺します、と言ったのです」

聞き間違いではなかった。確かにニールは言った。殺す、と。

簡単に言い放ったニールの心内がわからず、ムニリアは冷静を取り繕いながら尋ねる。

「理由を聞いても構わないか？」

「ええ、もちろんです。理由など簡単なことです。彼らはアンナ様と共に魔王を倒しました。英雄です。ですが、サンディアル王国を捨て、敵国である帝国へと逃げてしまった。これでは民に示しがつきません。というのが、建前です」

相変わらず笑みを浮かべたまま、悪びれもせずに建前とはっきりと言い放った。

「ならば、本心は？」

「そうですね、言っても構わないのですが、そうしてしまうと駒をひとつ失うことになりますので、また次の機会に」

「……ふざけたことを言う」

からかっているのか、それとも素でこういう人物なのかムニリアにはわからないが、少なくとも挑発されたと感じた。

「彼らはアンナ様のお心を乱してしまいます。どういう理由か、アンナ様は三人のことを大事に思っております。帝国へと逃げるなどという裏切りでしかない行動をされたというにも関わらずに」

「だから、殺してしまうというのか？」

「はい、その通りです。後でどうこう言われてしまおうが、死体は生き返りませんので」

いっそ清々しささえ感じる返答に、ムニリアが右手を上げる。ザッ、と音を立てて、兵が弓を、槍を構えた。

ニールがわずかに笑み以外の表情を浮かべる。

「これはもう、隠し立てするつもりはない、ということですね。ですが、いいのですか？」

「何を言っている？」

「いえ、聞いているのですよ。本当に、私たちと戦ってしまって構わないのですか？」

サンディアル王国側は動じていない。つまり、ニールと同意見なのだろう。

誰もが戦えば勝つのはこちらだと言わんばかりの雰囲気を浮かべている。

「もう隠すつもりはないようなので、最後に一応聞いておきます。カーティア・ドレスデン他三名をこちらに引き渡してくれませんか？」

「断固、断る！」

ムニリアは鞘から剣を抜き、切っ先をニールへと向ける。

「ならば今度はこちらから問おう、ニール・クリエフト。貴様こそ、このまま退く気はないのだな？」

「ええ、ありません。あるはずがありません」

「ならば――貴様たちを敵と見なし、帝国の安全のために排除する」

ニールはやはりこうなったかという顔をすると、彼もまた剣を抜いて構える。笑みが深まり歪んでいく。そして、実に楽しそうに――子供のように無邪気に嗤《わら》った。

「とても、残念です」

ニールの言葉に嘘偽りはなかった。本当に心から残念だと思っていた。

目の前の黒騎士は強い。それは武人として剣を交えなくてもわかる。しかし、その強さも自分には通用しないだろうと思ってしまう。

この様な状況ではなく、許されることならば「本来の力」で戦いたかったと思うニール。

それがとても残念でしかたがない。だが、それでもニールにはなさねばいけないことがある。戦争を起こすために火種をつくらなければいけないのだ。だから、

「さようなら」

ひゅん、と軽い音を立てて剣を横に一閃《いっせん》。

常人にならば見えることなく、首が宙を舞い、地面に転がり、赤い飛沫を振りまいたとしても、それでもまだ気がつくことができないだろう。それ程の剣速だった。

しかし、ニールは驚き、同時に顔が喜びに染まることになる。

「……素晴らしい。まさか防がれるとは思いませんでした」

歓喜の表情を浮かべてニールは剣を防いだムニリアを賞賛する。

驚いたのはニールだけではなかった。悟も、サンディアル兵たちも、帝国兵たちも驚きを隠せなかった。

唯一、兜によって表情の伺えないムニリアだが、彼の剣は今の一撃を受けただけでヒビが入ってしまった。対して、ニールの剣には刃こぼれひとつもない。

武器の差だろうか、それとも腕の違いか？

後者であることは違いないと思いながら、ムニリアはヒビの入った剣を構え、あどけない少年のように嬉しそうな顔をしているニールとの距離を保つ。

このまま打ち合えば、ムニリアの剣は容易く折れるだろう。もっとも、打ち合うことができれば、だが。

「ニール様を援護しろっ！」

「将軍一人に戦わせるなっ！」

サンディアル王国の兵士たちが、声を張り上げ、各々武器を構えて突進する。対して、帝国側も、ハイアウルスの声に兵士たちが応えると、弓が放たれる。本格的に戦いが始まってしまった。

「ああ、残念です」

乱戦だ。こうなってしまえば、ムニリアと一対一で戦うなどと言っていられない。自分の剣を止めることができた者に出会えたのは久しぶりだったというのに。ただ、弱者を斬り捨てるだけではおもしろくはない。時には実力者と戦うことで、自分がまだ強くなれると、まだ高みに上れるのだと確認したいのだ。

だからこそ、残念で仕方がなかった。

「ならば、周りの兵をすべて排除してから、また楽しみましょう」

「ムニリア殿、ご無事かっ！」

ハイアウルスの声に、ムニリアは兜の中で大きく息を吐くと、片手を上げることで返事の代わりをする。

あまりにもの恐怖によって、声を出すことができない。体も震えている。数多の戦場を駆け巡り、何度も死線を潜り抜けてきた帝国の将軍が、恐怖によって体を震えさせているのだ。

その様子にハイアウルスは驚きを隠せなかった。

ムニリアは思う。ニールの剣撃を受けることができたのは、奇跡だったと。正直、本能だけで剣を動かしていた。自分自身でも、どうやって動かしたのかはわからない。

だが、結果として、その本能に助けられた。しかし、あのまま打ち合いが始まれば、自分がどうなっていただろうか。そう思うと背筋に冷たい汗が流れる。

何度も深呼吸をしながら、心を落ち着けさせる。

帝国将軍であり、現在部隊を率いている自分が動揺してしまえば、士気に関わってしまう。

これほど兜で顔が隠れていることを幸いと思った日はないだろう。

「代わりの剣を——用意してもらえないだろうか？」

息を切らせたムニリアに、ハイアウルスが一振りの剣を差し出した。

「ならば、私の剣をお使いください」

「しかし、それでは……」

ハイアウルスが自身の剣を渡そうとするので戸惑うが、そんなムニリアに彼は腰から弓を手に取ると「こちらの方が使い慣れていますから」と答えた。

だが、ムニリアはそうは思わない。

すでに乱戦となっている現状では小回りの効く武器の方が有利だ。そんなムニリアの考えに気付いたのか、ハイアウルスが付け加えるように言葉を足す。

「心配はいりません。体術も苦手ではありません、それにエルフは魔術が得意です。例え弓や剣が使えなくとも、戦う手立てはちゃんとありますよ」

それに、と続ける。

「先ほどの一撃を見る限り、ただの剣では相手にならないでしょう。ムニリア殿はともかく、私たちは反応さえできなかった。だからこそ、お使いください」

「……申し訳ない、ありがたく使わせていただく」

ハイアウルスから鞘ごと剣を受け取ると、鞘から剣を引き抜く。

「これは……素晴らしい、しかし、いいのか？」

「ええ、我が一族が誇る一品です。これならば、ムニリア殿の使っていた剣にも負けないかと」

「いいや、それ以上だ。助かる」

使っていた剣と、長さも重さも若干異なるために違和感はある。しかし、それ以上にこちらの剣の方が使いやすいと感じた。

数回振り、鞘に戻すと、ムニリアは兜の中で、まだ戦えると満足そうな顔をする。

恐怖はまだある。だが、一族の剣を託してくれたハイアウルスの期待に応えるために、何よりも今共に戦っている仲間たちを守るために。そして、一成の仲間たちを守るために、ムニリアはニールを倒さなければいけない。

「すまない、お借りする！」

「お使いください。他の人間たちはともかく、あの男を相手にすることができるのは、ムニリア殿だけなのですから」

ハイアウルスにそう言われ、ムニリアは不安と恐怖をかき消すように、大きく頷いた。

■

「あーあ、こう乱戦になっちゃうと正直困るんだよね」

悟は面倒だと言わんばかりにため息をつく。

敵味方が目の前で戦いを繰り広げているというのに、「勇者」である悟は数歩後ろから離れて戦場を眺めている。

悟にとって、このような場面は苦手だった。彼の得意とするのは、圧倒的な魔術で敵を殲滅すること。もちろん、器用な技も多く使えるし、応用もできるが――強い力で敵を叩き潰す、その方がおもしろい。

しかし、乱戦になってしまうとそれができない。悟は不満だったが、同時に笑みを浮かべる。

これはこれで限られたルールの中でどれだけ自分の実力を出せるかが試すことができる――そう思うとゾクゾクとした喜びが沸いてくる。

悟は思う。これはシューティングゲームだと思えばいい。

魔術で狙う目標は敵の異種族、決して当ててはいけないのは仲間である人間。そう考えると面白いと心が躍る。だが、これは決してゲームではない。

悟がこれから放つ魔術は異種族の、人間の命を奪ってしまえるものだ。しかし、彼はそれをゲーム感覚で放とうとしている。仮に味方に当ててしまったとしても、心に嫌なものが残るだろうが、大きな罪悪感や心の傷になることはないだろう。

「じゃあ、いくよ」

放たれるのは風の魔術。風刃が狙いを定めた異種族の鎧ごと体を斬り裂く。次々と風刃を放つ。音もなく放たれる風に刃に、次々と異種族たちが倒れていく。殺しはしていない。

いくらゲーム感覚で相手を傷つけることができる悟であっても、人間と似ている異種族であるエルフたちを殺すことに無意識ながら抵抗を感じているのかもしれない。その一方で、結果として死んでしまえばそれはそれで仕方がないという程度でしかないが。

悟は極力仲間に風刃を当てないよう気を配りながら異種族を狩り続ける。しかし、それも長くは続かない。

敵味方が入り乱れる戦場から一人の男が悟に向かって駆けてきた。ハイアウルス・ウォーカーだった。

「勇者を名乗る少年よ、これ以上私の仲間を傷つけることは許さん！」

「いいところなのに……僕の邪魔をするなっ！」

ハイアウルスは次々と襲い掛かってくる風の刃がどこから放たれているのかをいち早く察して、それを止めるべく逆に悟に襲い掛かる。

だが、悟も誰かが自分を止めにくるのはわかりきっていた。

「僕を守れ！」

護衛として控えていた四名の騎士に、怒鳴りつけるように命令を出す。

騎士は忠実に命令に従った。剣を構え、二名がハイアウルスを迎え撃つ。残る二名が盾を構えて悟の前に立ち塞がる。

「くっ、おのれ、邪魔な」

ハイアウルスの勢いが騎士たちの動きによって遅くなる。が、前進は止まらない。短剣を取り出し、ハイアウルスの右手にいる騎士の首に差し込み、一瞬にして絶命させる。兜と鎧の隙間から鮮血が噴出しハイアウルスに返り血を浴びさせるが、彼はそんなことを気にすることなく、動きを止めずに魔術を展開する。左腕に炎が宿る。ハイアウルスに剣を振り下ろそうとしていた騎士よりも、彼が炎を放つ方が早かった。

爆音がして、騎士が真っ赤な炎にその身を包まれる。鎧の外からの熱と、鎧の中に入り込んだ炎によって身を焼かれることとなった騎士から、耳を塞ぎたくなるような絶叫が響く。

それを無視して、残る二名の騎士を倒そうとするハイアウルスだったが、彼は大きく後ろへと跳んだ。

「あらら、残念。さすがはエルフってところだよね。僕の魔術が把握されちゃってるよ」

自身を守るために命を落とした騎士を気にすることなく、ただ魔術がかわされたことに驚きと、楽しさを感じている声で悟は言う。

「これって難易度が高いよね……エルフと戦うのって正直初めてだよ。普通は勇者の仲間になるのが定番なのに、敵だなんて――凄くおもしろいよね」

その言葉を聞いていたハイアウルスは、悟に対して不快な表情を作ると、わざと聞こえるように言い放った。

「私はとっくに勇者の仲間だ。貴様のように、自分を守ろうとして命を落とした者へ悲しみを覚えないような輩とは違う、もっと立派な勇者のな！」

「あははははっ！　それって、死んじゃった前任勇者だよね？　ていうか、僕を守ろうとした騎士を殺したのはお前じゃないか！　なのに偉そうなことを言うなよ！」

再び悟は風刃を放つ――が、風の刃はハイアウルスを傷つけることはなかった。

いくらエルフであるハイアウルスとはいえ、風を見ることはできない。先ほど、後ろへ飛んだのは魔力を感じたからだが、一度捉えられてしまえば風の魔術を避ける方法はない。

しかし、対策はできる。

「さすがはエルフだね。自分の周囲に風の障壁を張ったんだ？」

「それがわかるとは、腐っても勇者というところか……」

そう、ハイアウルスは風の刃に対して、自身の周囲に展開した風の障壁をぶつけることで相殺したのだ。しかし、これには難点もあり、悟の魔術がハイアウルスを超えていたら、障壁ごと彼は斬り裂かれていただろう。

「幸い、魔術の腕は互角ということだな」

「ふん、風は僕の得意魔術じゃない。僕の一番得意な魔術は――炎だっ！」

勇者としての自負があるのか、エルフと同等の実力だと評価された悟は怒りの声を上げて、数十もの火球を一瞬にして作り出す。

一つの火球が拳よりも大きく、強い魔力によって生み出された炎が凝縮されているのがわかる。

「燃えて消し炭になれ！」

悟の叫びと共に、弾丸のように放たれる火球。対してハイアウルスは地面に手を置くと、地面に魔力を流す。地面が隆起し、土の壁が作られた。

火球が壁にぶつかり、轟音が響く。壁が破壊されているためか、ハイアウルスの目の前に建つ背丈の五倍ほどの壁がヒビ割れていく。

十数秒後、轟音は止まる。壁は壊されることはなかった。魔力を再度地面に流し込み、土の壁を平らに戻すと、目の前では悔しそうに表情を歪める勇者がいた。

「この程度か……ならば終わりにさせてもらう！」

ハイアウルスの背後にはまだ戦っている仲間がいるのだ。何よりも、自身では敵わないだろうニールもいる。いくら勇者を名乗ろうが、この程度の相手にこれ以上の時間をかけるつもりはなかった。

何よりも、このような男が勇者を名乗るのが、ハイアウルスには許せない。

短剣を再度構えると、悟へ向かい走る。二人の距離はたいしたことはない。盾を構えた騎士は邪魔だが、彼らを無視して悟だけを仕留めることはできる——そう思っていた。

しかし、ハイアウルスの予想は外れることになる。

「……僕を、勇者である僕を、馬鹿にするなぁああああああっ！」

爆発的な魔力の放出と共に、火柱が悟を中心に上がっていく。悟を守っていたはずの騎士二名は火柱の中に消えた。

「感情に任せて暴走したのか……愚かな」

守ろうとした者に焼かれてしまった騎士を哀れに思いながら、放たれている炎を警戒する。この炎がハイアウルスに向けられればただではすまないだろう。そして、背後にいる仲間たちも。

それだけはさせるわけにはいかなかった。

目の前の少年は、確かに強いだろう。魔力も大きく、魔術の才もあるだろう。しかし、心があまりにも未熟だ。自分ならばこの様な少年を戦場へは立たせたりはしない。

——現に、今も感情に任せて力を暴走させているのだから。

幼い命を奪うことに心が痛む。例えそれが異種族を嫌う人間であったとしても。しかし、やらなければこちらがやられることになる。ハイアウルスは悟の命を奪おうと、魔術を展開しようとして――できなかった。

なぜなら、

「さすがにこれ以上はさせません」

ムニリアと戦っていたはずのニール・クリエフトが目の前に現れたから。

まったく気付くことができなかった。いつ、自分と悟との間に現れたのかがわからない。

――異常だった。

決して、人間ができる動きではない。

「貴様は……」

何者だ？

そう問いたかったが、できなかった。

ハイアウルスは既に、ニールによって斬られていたから。

――いつの間に……申し訳ない、ムニリア殿。

薄れゆく意識の中、ハイアウルスはムニリアに詫びて、胸から鮮血を撒き散らして大地へと倒れた。

■

「ハイアウルス殿っ！　おのれぇぇぇぇっ！」

鮮血を散らしながら、戦場に倒れたエルフの族長を目にし、ムニリアは声を張り上げた。

「邪魔だ、どけっ！　私の邪魔をするな！」

目の前の敵を斬り捨てながらムニリアはハイアウルスへと駆け寄る。

「ハイアウルス殿、生きているか！　しっかりしろ！」

ハイアウルスの体を抱きかかえ必死に声をかける。戦場だということを忘れているわけではない。だが、それでもこのまま死なすわけにはいかない男だった。

傷が酷い。右肩から縦に一閃されている。血は溢れ出し、止まる気配はない。まだ死んではいないが、意識はなく、このままでは長くは持たないことが伺える。

――ここで死なせることはできない。

だが、そんなムニリアの想いを無視するかのように、無慈悲な声がかけられる。

「ああ、よかった。また会えましたね。ムニリア殿――では、続きを」

こちらのことなどお構いなしに、剣を構え、先ほどの続きを望むニールだった。

ムニリアは選択を迫られた。

このまま背を向けて、ハイアウルスを抱えて逃げたところで、二人揃ってニールに斬り捨てられてしまう。だからといって、ニールに挑み戦ったとしても勝てる見込みは少なく、その間にムニリアが死んでしまう可能性が高い。

「こないなら、こちらから行きますよ？」

ニールはムニリアに考える時間さえくれなかった。

――ここまでか……。

そうわずかに諦めかけた瞬間だった。

「ムニリア様！　時間を稼ぎます。ハイアウルス様をどうか！」

「お願いします。お助けください！」

ムニリアとニールの間に、若いエルフの青年たちが割って入った。

ハイアウルスが族長として治めていた集落の青年たちだ。彼らは長を助けるために、自らを犠牲にしてでも時間を稼ごうと行動した。

「美しい種族愛と言うべきなのでしょうが、邪魔です」

だが、あっという間に一人が斬り捨てられた。胴体と首が別れ、鮮血が噴出し、おもちゃのように首が飛んだ。

「ムニリア殿、お早くっ！　私一人では時間がっ！」

「すまないっ、感謝する」

覚悟を決めた青年たちに、礼を述べてムニリアはハイアウルスを担ぐと彼らのために少しでもニールから離れようと走った。

背後から悲鳴と、絶叫が聞こえるが、決して振り返らなかった。そして、後ろから一人がゆっくりと地面を踏みしめて歩いてくる。一歩一歩確実に、自身の命を刈り取ろうと近づいてくる。

「すまないが、この方を頼む。医療魔術を使える者の所へと運んでくれ。私は、あの男を止める」

「しかし、将軍……」

「構わん、行くんだっ！」

「はっ！」

一人の兵を捕まえハイアウルスを預けると、有無を言わさずに指示を出す。兵がハイアウルスを抱えて離れていくのを確認すると、剣の切っ先をニールへと向けた。

「ここから先は通さん！」

「ええ、私の狙いはあなたです。それ以外の塵芥《ちりあくた》などには微塵も興味がありません」

今のニールにとって、ムニリアだけが興味の対象であった。そして、自らを楽しませてくれる存在を、このまま放っておくことはできない。

今度こそ、ここで必ず殺してみせよう。決して逃がしはしない。温和な笑みを浮かべながら、ニールの瞳は獲物を狙う獣だった。

「行きますよ、楽しませてくださいね」

ムニリアの返事は聞かずにニールは地面を滑るように疾走する。

刹那、剣と剣がぶつかり合う金属音が響く。互いの剣圧が風を巻き起こし、ムニリアの鎧に傷をつけ、ニールの頬を斬り裂いた。

「想像以上に素晴らしい」

「……くっ」

喜びを隠せないニールに対してムニリアには余裕がない。

ニールは剣撃を止めるつもりはない。片手で握った剣を、何度も振るいながら一歩一歩前に進んでいく。

連続する剣撃に、ムニリアは後退させられていく。襲い掛かる剣撃を受けながら、息を切らしていた。あっという間に体力は落ち、呼吸が苦しくなる。

ハイアウルスから借りた剣がなければとっくに死んでいただろう。事実、ニールの攻撃を防げているのは剣に頼っているところが大きかった。

ムニリアは全神経をニールの動きに集中する。

上から、下から、左から、右から、いつの間にか背後に回りこまれて斬りつけてくる。次々と自分の命を刈り取ろうとする刃を受けるだけで精一杯だった。反応ができているだけでも自分を褒めてやりたい気分になる。

一方で、ニールは歓喜の表情を浮かべて剣を振り続ける。

打ち合い、とまではいかないが、自分の攻撃を何度も受け止めている帝国将軍に喜びを隠しきれない。

それでも終わりの時間は訪れることを彼は確信していた。次第に、ニールの攻撃はムニリアの鎧を斬り裂き、砕いていく。

帝国将軍の一人、黒騎士の通り名の由縁なる漆黒の鎧を破壊していく。鎧を斬り裂く度に、血飛沫《ちしぶき》が飛び、彼の褐色の肌があらわになる。

すでにムニリアの漆黒の鎧はその機能を保ってはいない。兜もとうに破壊され、覗き見える顔には汗と疲労が浮かんでいる。額から血を流し、肩で息をするムニリアを見つめ、ニールは剣を振るう手を止めた。

「もう、お終いでしょうか？」

皮肉などではなく、ただ純粋な問い。至極残念そうな顔をしていた。もう楽しみが終わってしまう、そう言いたげな表情を浮かべている。

そのニールの態度はムニリアにとって、あまりにも屈辱だった。

このまま終われるものかと、悔しさだけが込み上げてくる。仲間の命を奪われ、この戦場もニール一人の独壇場に近い。

将軍という肩書きを持っていながらムニリアは一矢報いることができていないことが悔しくて仕方がない。

「うぉおおおおおおっ！」

構えを解いているニールに向かい、ムニリアは鬼族の身体能力を全開にして襲いかか

る。自身の限界を超えた動きを見せた。

しかし――

「お見事です」

「ば、馬鹿な……」

爆発的な身体能力を使い、本来なら人間には決して反応できない速度で動いたというのに、ニールに通用しなかった。

それだけではない。人間であるはずのニールが、鬼族としての身体能力を発揮しているムニリアが何をされたのか理解できない速度で動いたのだ。

――人間が異種族を凌駕したのだ。

剣を握っていた右腕は、肩の下から斬り落とされた。鎧のなくなった胸を斬り裂かれ、鮮血が噴出す。

だが、それでもムニリアは倒れなかった。

「あなたは最高の相手でした。最後は私が今できる限りの力を持って迎撃させてもらいました。正直、死んでいないのが不思議です。異種族など関係なく、私が殺すために剣を振るったというのに……やはりあなたは素晴らしい方でした」

「私は、まだ……戦える」

「とても楽しかったですよ」

ムニリアの意識はまだはっきりとしている。不思議と痛みはない。痛覚が麻痺しているようだった。

例え、片腕がなくなろうと、胸を斬り裂かれようと、まだ自分は生きている。二本の足で立ち、左腕も残っている。武器はなくとも、鬼族であるムニリアであれば拳ひとつあれば戦える。

「まだ、負けるわけにはいかないのだ……」

ムニリアから発せられる闘志を感じ取り、ニールは一人の騎士として敬意を払った。

ニールの表情が変わる。自分と打ち合える者がいることに歓喜していた表情とは違う。スッと目を細め、剣を構えて腰を低くする。

「あなたに最大の敬意を――」

ニールは力を試す相手ではなく、一人の敵としてムニリアの命を奪うことを決めた。誰にも反応ができない速度でムニリアとの間合いを詰めると、彼の命を奪うために剣を振るった。

その一撃は、確実に命を刈り取るはずの攻撃だった。だが――

「やらせるわけねえだろっ！」

ニールの放った剣が、ムニリアに届くことはなかった。

漆黒の篭手《こて》に阻まれて、無残に半ばから折れた。

「……ああ、まさか、まさかあなたがここで出てくるとはっ！」

ニールは自分の折れた剣と、攻撃を止めた相手を見比べながら、声を震わせる。

「ムニリアさん、大丈夫か？　まだ、生きているか？」

「……一成、か？　やはり来てしまったのか……」

「ああ、俺だ。この戦いを止めるために、俺は戦いに来たよ」

漆黒の篭手を両腕にはめ、黒いジャケットを羽織った青年――椎名一成はムニリアの傷ついた体を労わるように優しく抱きとめると、音も立てずに消えた。

正確に表現するならば、消えたとしか認識できない速度で動いたのだ。一成は、一瞬でニールから距離を置くと、離れた場所に待っていたストラトスたちにムニリアを預ける。

「絶対に死なせないでくれ、頼む」

「大丈夫だ、死なせはしない。お前こそ、無茶をするなよ、絶対にだ」

応えたのはカーティアだ。戦場へと共に来ていたが、これでは戦うのではなく回復要員になりそうだと覚悟をする。

「もちろん、わかってるさ」

「兄貴は、どうするの？　体がちゃんと動くわけじゃないんだろ？」

「悔しいくらいに体が痛いし言うことは聞かないけど、俺は、あの男を倒す。倒さなければいけないいんだ。止めないでくれよ、ストラトス？」

「うん、止めないよ。だけど、死なないでね、兄貴……」

心配で仕方がないという声を出すストラトスの頭を撫でると、一成はゆっくりと、そして力強く頷いた。

「俺は死んだりしない。お前たちを残して死んでたまるか」

「うんっ！」

「じゃあ、こっちは頼むぞ」

そう声をかけて、一成はニールの元へと戻る。音も立てずにニールの前に立ちふさがると、握り締めた拳を向けた。

「覚悟はいいか、ニール・クリエフト？」

■

強く握り締めた拳を目の前の男に向けながら一成は内心、舌打ちをしていた。

――来るのが遅かった。

そう思わずにはいられなかった。飛び出した時には、まだ戦闘は始まっていなかったというのに、短い時間でハイアウルスは死にかけ、ムニリアは片腕を失い、胸を斬られるという重症を負っている。

「……やはり、生きておられたのですね、一成様っ！　命を落とされたと伺っていましたが、私にはあなたがそう簡単に死ぬはずがないとわかっていました！」

「……どういう意味だ？」

「ええ……そうですね、そうでした。あなたはまだご自身の価値に気付いておられない」

瞬間、二人の距離が一瞬で詰まり、折れた剣と漆黒の篭手がぶつかり火花を散らした。

にぃ――とニールの笑みが深まる。

「このように、異種族の誰もが反応できない私の動きに、あなたはいとも簡単に着いてくる！」

「何が言いたいのかはわからねえけど、こっちはいっぱいいっぱいだぞ！　いきなり斬りかかってきやがって！」

二人はその勢いのまま戦い続ける。

両腕に篭手を装備した一成は拳を主とした攻撃を繰り出す。対してニールは折れた剣と、鞘を使い受け止め、いなし、自らも仕掛ける。

金属同士の音が響き、火花が散る。

一成の拳がニールの頬を捉えると、その衝撃で体が浮いたニールを畳みかけるようにさらに一歩踏み込むが、宙に浮いたままニールは器用に体をひねり、折れた剣で一成の頬を斬り裂いた。

お互いに致命傷はない。軽症としか呼べない程度の傷だが、それでも互いの攻撃は確実に当たっていた。

「最高です！　ですが、あなたの力はこの程度ではないでしょう！　もっと、もっともっと見せてください、あなたの本気を！　さあっ！」

歓喜するように、宝箱を見つけた少年のように、ニールは楽しそうに、嬉しそうに、声を張り上げた。

そんなニールに対して、一成は目を細め、疑問の声を上げた。

「ニール・クリエフト――アンタ、こんなに強かったっけ？」

「フフッ、それはその身をもってお確かめくださいっ！」

ニールは地面を滑るように疾走する。対して一成は疾風のように駆ける。二人がぶつかると、衝撃が起こり、その余波で暴風が周囲を襲った。

「一成様、あなたはまた強くおなりになりましたね。戦闘の基礎を教えた身としては、これ以上もない喜びが込み上げてきます！」

ニールが槍のように放った鞘が一成の額を捉えた。ゴッ、と音を立てて、額を割り、血が噴出す。衝撃と痛みを無視して、一成は鞘を握るニールの手首を掴むと、強引に自分に手繰《たぐ》り寄《よ》せ、バランスを崩した彼の側頭部に一切の手加減をしていない蹴りを放った。

鈍い音が響く。本来なら、ニールは今の蹴りで宙を舞い転がっていくはずだったが、一成が手を掴んでいるのでそれを許さない。

宙を舞ったニールをそのまま地面に叩きつけ、返り血の着いている白い鎧の胸部分を思い切り踏み抜いた。

「が、ハッ……」

ニールが大きく空気を吐き出す。いや、それだけではない、唾液と血も一緒に吐き出し、一成の顔に飛ぶ。

そのまま止めを刺すのか――と、いつの間にか、誰もが戦いをやめ、二人の泥仕合のような戦いを見ていた。

だが、彼らの予想とは反対に、一成は大きく後退し、膝を着く。

「一成ッ！」

遠くから一成を見守っていたカーティアが最初に気付いた。一成の左足の腿に、ニールが握っていた折れた剣が突きたてられていた。

一体、いつそんなことをできる余裕があったのかとカーティアは驚きを隠せない。いや、ニールに対してだけではない。一成に対しても驚きを隠せなかった。龍神から神気を浴びせられ、体を蝕む酷い火傷を負っているというのに、先ほどまでは動くのもやっとだったはずなのに、どうしてあれだけの動きができる？

回復魔術は施したが、それでも回復しきっていない。せいぜい表面上の怪我が治ったくらいだ。

一成は最初から魔力による身体強化という、彼にとっての唯一の武器を初めから使っている。だが、それも力が湧き出てくるような魔術ではない。

カーティアの心に不安が宿った。

――一成、お前に何が起きている？

「カーティア殿、あれは本当に、一成、か？」

意識のあるムニリアが、呼吸を荒くしながらも困惑し尋ねた。

「ムニリア殿、話してはいけません！」

カーティアとキーアが二人係で回復魔術を施してはいるが、応急処置に近い。優れた回復魔術を行使できるシェイナイルスやレインたちは、ムニリアよりも重症であるハイアウルスの下で処置を行っているのだ。二人の役目はその繋ぎだ。

ゆえに、ムニリアには極力安静にしてもらいたいのだ。だが、ムニリアは無理やり体を起こし、拳を繰り出す一成と、鞘を振るい、折れた剣を拾ってまた攻撃を仕掛けるニールから目を離さない。

「私は何度か一成と手合わせをしている……しかし、あれほどの力はなかったはずだ。私がまったく相手にならなかったニール・クリエフトを相手にどうしてあそこまで戦えるのか？」

「私にもわからない。一成は神気によって体力は落ち、痛みも酷いはずだ……」

「ならば、なぜ？」

二人にはわからない。

だが、そんな二人に少年の声が答えた。

「兄貴は怒っているからだよ」

「それはどういう意味だ、ストラトス？」

負傷者の手当てをキーアと共に続けながら、ストラトスは返事を返した。

「だって、兄貴は怒ってるんだ。ムニリアさんや、ハイアウルス様を傷つけられて、帝国の人たちの命を奪われて。守れなかった人たちの分まで守りたいと思って、今、戦ってるんだ――守ろうとする兄貴はとても強いよ」

一成を兄貴と慕い、追い続けてきたストラトスだからこその言葉だったが、二人はそれだけでは納得しきることはできない。

カーティアだって知っているのだ。一成が誰かを、何かを倒すよりも、誰かを、何かを守るために戦う方が強いということを。

しかし、それだけでは説明がつかない。今の一成は――異常だ。

まるで、自分たちの知らない別の力を使っているような、そんな気がしてしかたがなかった。

そんなカーティアたちの心配を他所に、一成とニールは戦い続けていた。

すでに、二人とも肩で息をして、一成は額から血を流し、まぶたを腫らし、強固なはずの篭手すらもヒビが入っている。足元には左足から流れた血溜まりが広がり続けている。ニールも同じく、額や頬から血を流し、鎧を砕かれ、剣と鞘は完全に破壊されてしまった。

「人間を簡単に凌駕する異種族に対してほぼ無傷であった私が、同じ人間にこうまで傷つけられるとは……さすがは一成様。しかも、あなたは――まだ、本気を出していない。いや、出せないというのが正しいのでしょうか？」

「……何を言ってる？　俺はもう十分本気を出して――」

「いませんよね。そうであれば私はとっくに死んでいるはずです。こんなボロボロにされているので偉そうなことは言えませんが、それでもこのままならまだ私はあなたに勝つ可能性があります」

「へえ……ならやってみろよ」

小さく声を上げて、一成はニールの腰を見てから指差した。

「ようやく抜く気になったか、もう一本の剣を？」

「できればこの剣を使いたくはなかったのですが、残念です。ですが、私はここで死ぬわけにはいきませんので」

一成はニールの言葉が理解できない。それはまるで、腰に残っている一本の剣を抜けば自分に勝てるように聞こえるではないか。

その疑問が伝わったのか、ニールは一成に頷く。

「そうです、この剣を抜けば私の勝ちです。あなたが本来の力を使えることができれば、また話は違うのでしょうが――今は違う。本来の力抜きでここまでの力を持つあなたは脅威でしかない。残念ですがここで死んでいただきます」

「初めから殺すつもりだったくせによく言うぜ。それに、さっきから本来の力とか言ってるけど、それが何かもわからないんだよっ！」

だんっ、と地面を蹴り、獣が地を駆けるがのごとく体を低くして突進する。地面を滑りながら足を狙い機動力を殺そうとするが、ニールは高く飛んでそれをかわした。

だが、空中に浮いてしまえば、よほどの魔術師ではないかぎり宙で行動することはできない。そしてニールは一成同様に魔術を使う才能がない。

これは最大のチャンスだった。

「うぉ――オオオオオオオオッ！」

地面を蹴って、一成はニールに向かって飛翔する。

敵を倒すために。

仲間を守るために。

奪われた命のために。

椎名一成はここでニール・クリエフトを倒す。

――そのつもりだった。

しかし、ニールが腰に下げていたもう一本の剣を抜いたと同時だった。

「――あ」

あと少しでニールに一成の拳が届く。そのはずだったのに、見えない何かに一成は攻

撃され、地に堕ちていく。

ストラトスが、ムニリアが目を見開く。互角、いや、それ以上だったはずの一成が一瞬の攻防で敗れたという事実に、ただ信じられないとばかりに。

「あ、ああ……嘘だ、そんな……か、か、一成ィイイイイイッ！」

カーティアの絶叫が、戦場に大きく響いた。

第三章

――死ぬのは嫌だな。

大地にうつぶせになって倒れている一成は、他人事のようにそんなことを思った。

誰かの叫び声、金属同士がぶつかり合う音が、喧騒のように聞える。

体がもう動いてくれない。もともと意地を張って無理をしていたのは承知していたが、これでもうお終いなのかもしれないと怖くなる。

――まだ生きていたい。

今度は他人事ではなく、自身のこととしてそう思えた。

一成の脳裏に仲間たちの顔が浮かぶ。このまま死ぬことはできない。再会したばかりだというのに、散々心配を掛けておいて、また悲しませるのか？

幼馴染みの顔が脳裏に浮かぶ。元の世界に帰りたいと願ったはずだ。元の世界を求めたはずなのに、このままでいいのか？

駄目だ。いいわけがない。こんなところで死ねない、死んでたまるか。

気付けば指が少しだけ動いた。指の次は掌が、その次は腕が、少しずつ動いていく。

霞んでいた視界が鮮明になる。カーティアと目が合った気がした。気のせいだろうか。

彼女は涙を流し、一成の名を呼んでいる。ストラトスとキーアに羽交い絞めにされていなければ、こちらへと駆け寄ってくるだろう。

また怒られるよな、心配掛けたし。

だからこれ以上心配させないように、泣かせないように、一成は立ち上がろうとした。

だが、そこまでの力が出てこない。

悔しさに奥歯を噛みしめる。

駄目だ、生きるんだ。こんなところで死ぬわけにはいかない。仲間がいるんだ、帰りたい場所があるんだ！

――ならば受け入れろ。

――真なる器としての自分自身を受け入れろ。

一成の中から、別人としか思えない声が囁いた。

「なん、だよ、この声……？」

――生きるために、戦うために、自分が神の真なる器だということを自覚し、受け入れろ。そうすれば、体は必然と器として覚醒を果たす。人という殻を破り、神へと近づく。

――神の力の一端を使っていい気になっている人間など相手にならない力を手に入れることができる。そして、それは本来の力だ。

「それがあれば、みんなを助けられるのか？」

――そうだ。ニール・クリエフトを倒すことなど容易い。龍神とも戦える。

――そしてお前は生きるのだ。

「それっていいよな、ていうかもう選択肢がないじゃん」

――受け入れろ。お前もわかっているはずだ。見て見ぬふりはやめろ、自身が神の器であることを認め、覚醒しろ。今を逃せば、もう二度と機会は巡っては来ない。お前は死に、俺も消え去り、仲間たちも死ぬ。

「……ふざけんなよ、俺が、そんなことをさせると思ってるのか？」

わかっていた。神の器、真なる器、そんなこと言われなくてもずっとわかっていた。自分自身のことなのだから。ただ、認めたくなかったのだ。認めてしまえば、取り返しのつかないことになってしまいそうな気がして逃げていた。

しかし、もうこれ以上逃げることはできない。このまま俺が倒れたら、死んだら、誰が仲間を守るんだ？

――それがわかるなら、答えはもう出ているよな？

「ああ、覚悟はできた。俺は――俺を受け入れる」

――いい返事だ。それでこそ、もう一人の俺だ。

――これで俺たちは、本来の姿になる。さあ、勝つために戦いを始めよう。

■

自分自身を受け入れるということはとても難しいことだ。だが、一度受け入れる覚悟をしてしまえば、意外と簡単に受け入れることができるのだと一成は理解した。

ああ、これが俺か。これが俺の可能性か。

神の真なる器、なるほど確かにそう思えてしまうほどの力が沸いてくるのがわかる。

あれほど自分を苦しめていた体が軽くなっていくのがわかる。指一本動かすだけで苦痛に襲われていたというのに、それが消えていく。

しかし、同時に何かが消えていく消失感があるのだ。自分から何が失われていくのかは、一成自身もわからない。ただ、人として超えてはいけない一線を越えてしまった。

そんな感じが一番表現しやすかった。

「……それはずるいのではないでしょうか？」

ニール・クリエフトが呆然とした顔でこちらを見ている。彼にはわかっているのかもしれない。一成に何が起きたのかということを。

一成はゆっくりと立ち上がる。もう痛みはない。苦痛もない。むしろ、今までが夢であったように体は快調だった。

服をめくれば神気によって負った重度の火傷も綺麗に消えている。それどころか、龍神から感じた神気に近いものを自身から感じるのだ。

椎名一成という器に、大きな魔力が今まであったのだが、その魔力が変わってしまった。神気――それがどういうものなのかはわからないが、きっとそれなのだろうと判断する。

拳を握る。地面を蹴る。ニールの目の前に立ち、拳を顔面に叩きつける。

たったそれだけの行動を、ニールは捉えることができず、宙に舞っていた。数秒後、大地に叩きつけられるがそれでも勢いは止まらずにまた数秒転がっていく。

この場にいる誰もが驚愕を隠せない。拳を放った一成自身も同様だ。

「……これが、人間と、神の、真なる器との差ですか？　あなたは、器であることを受け入れたのですね……私が甘かった、あなたがこうなるまえに息の根を止めてしまうべきでした」

　起き上がろうとするが、体に力が入らずに、それでも起き上がろうと繰り返しながらニールは一成を睨みつける。

　濃密な殺気がニールから放たれるが、一成は気にすることなく未だ起き上がることのできないニールとの距離を一瞬で縮めると、彼を見下ろす。

「悪いけど、お前の持ってる力を返してもらうぞ？」

「……これは魔神の力であってあなたの力ではないはずなのですが？」

「器として俺自身を受け入れた俺にはわかるんだよ。それは俺の力でもある。だから、返せ」

　そう言い放ち手をかざすと、青い光が一成の腕とニールの胸を繋ぐ。

「う、うあああああああああっ！」

　突如苦しみだすニールの絶叫を無視して、一成はそのままの状態を維持する。そして十数秒後、ニールの絶叫が止まり、大きく呼吸を繰り返し心身ともに疲労困憊のニールが意識を失った状態で地面に倒れていた。

「……よくもこんな力を体に入れたまま平気でいられたな。いや、平気じゃないか、アンタはその代償に体がボロボロか。悪いけど、俺はそれを治してやれない」

一成がニールへと向けた最後の言葉だった。

あれだけ苦戦し、一度は倒された相手を、たった一撃で倒してしまった。これだけで今の一成が異常であることが本人だけではなく、声もなく眺めている仲間たちにもわかるだろう。しかし、一成は後悔していない。

誰かに惑わされたわけでもなく、自分自身が選択したのだから。

「もう、このくだらない戦いを終わらせる」

そう呟いて一成はニールを残し、消えた。

■

カーティアは自分の体が軽くなったことに驚きを隠せなかった。それ以上に、倒れたはずの一成が立ち上がり、あっという間にあれだけ苦戦していたニールを倒してしまったことに信じられないと思うことしかできなかった。

まるで別人のような力を一成から感じてしまう。恐ろしいとは思わない。だが、一成であって一成でない。そんなカーティア自身によくわからない曖昧な気持ちになる。

一成が消えた。正確には目にも止まらない速さで動いたのだろう。もうカーティアだけではない、誰もが目で追えない。

「うぁわああああっ！　この、化物！　来るな！　こっちへ来るな！」

少年の悲鳴が聞こえ、そちらを振り向くと、一成が勇者を名乗った悟の目の前に立っていた。

悟は一成に恐怖を感じ、怯え、死に物狂いで数多の魔術を放った。だが、その一つ一つを一成は丁寧に素手で破壊していく。魔術を破壊していくのだ。

その規格外な行動に、絶句した悟を、一成は何かを言うことなくただ殴り飛ばす。悟は背後にいたサンディアル王国兵十数人を巻き込みながら、後ろへと飛んでいく。

カーティアが覚えているどの一成も、こんな力は持っていなかった。やっていることは変わっていない。魔術の才がない代わりに、身体能力を向上させることを得意とし、肉弾戦をしていた一成のままだ。だが、その力が今までの一成をはるかに凌いでいる。

一度はニールによって倒れ、そして起き上がるまでの間にいったい何があったのだろうか。一成以外にはわからない。だが、あの時に、間違いなく一成は変わってしまったということだけはわかった。

それがいいことなのか、それとも悪いことなのかはカーティアには判断ができなかった。

■

悟を殴り飛ばした一成は、体からあふれ出てくる力の使い方が頭の中に浮かんでくることに戸惑っていた。

だが、その知識の中に、癒しの力があることはありがたいと素直に思った。

一成はムニリアとハイアウルスの下へと向かうと、困惑する仲間たちに曖昧な笑みを浮かべると、彼らを掴む。掴まれた彼らは一瞬痛みを感じたが、次の瞬間、さらなる激痛に驚かされる。

歴戦の戦士である二人が、悲鳴を上げる。それほどの痛みが彼らを襲っているのだ。

そのことに申し訳ないと思いながらも、しばらくの間我慢してくれと一成は言う。

そして、十数秒が経った時、ムニリアとハイアウルスの体は驚くほど回復していたのだ。

「一成、お前、これはいったい？」

「俺にもわからないけど、これで戦いは終わったんだ。だから、後は傷ついた人を助けよう。怪我人を運んで並べてくれ。重傷者から順に治していくから」

「だが……」

「頼む」

「……わかった。今は、命を優先させよう。だが、説明はしてもらうからな！」

ムニリアは一成にそう言い放つと、頼まれたことを実行するために、部下に指示を出し怪我人を集め始める。ハイアウルスも、戸惑いの表情を浮かべたが、一度だけ一成に頷いてからムニリアを手伝いに行った。

「しかし、私たちにはしっかりと説明をしてもらうぞ？」

背後から声が聞こえ、振り向くと仁王立ちをしている仲間たちがいた。

「……カーティア。痛みは消えたか？」

「ああ、おかげさまで楽になった。だが、お前のあの力はなんだ？　苦戦していたニールをたった一撃で！　お前に何が起きたのだ？」

誰もが聞きたかったことをカーティアが問うが、一成は首を横に振る。

「悪い、俺にもよくわからない。ただ――」

「ただ、なんだ？」

「俺は今まで、神の器だってことから目をそらしていたんだ。だけど、それを受け入れた。俺は、椎名一成は神の真なる器だって受け入れたんだ」

「……それは危険ではないのか？」

「それはわからない。だけど、あのままだったら死んでたと思う。これからどうなるかは、これからわかる。今はただ、この戦いが終わったことが素直に嬉しいよ。ごめんな、みんな……また心配掛けてさ」

何度目になるかわからない謝罪をする一成に、仲間たちは苦笑する。

「もうお前に心配させられるのは慣れた、まったく。だが、今こうして生きていてくれるなら、元気になったのならそれでいい」

「そうだよ、兄貴！　あれだけ酷い火傷も消えてるなら結果的によかったんじゃないかな？」

「もしかすれば、龍神とも戦えるかもしれませんし。今回は許してあげます」

カーティアが、ストラトスが、キーアがそれぞれに声を掛けてくれる。怒ってはいない。少し呆れてはいるかもしれないが、今こうして一成が生きていることを素直に喜んでくれているのだ。

「ありがとう、みんな！　じゃあ、お前らも手伝ってくれ。怪我人を治療していくから、頼む！」

頼む一成に、仲間たちは返事をするとそれぞれが怪我人の下へと向かうのだった。

■

リオーネはクラリッサを連れて、前線へやってきた時にはすべてが終わっていた。

避難すべき民を避難させ、立場上戦うことはできなくとも前線へ向かえば、一成の体が回復し、信じられない力でニールと悟を倒し、怪我人を癒していったのだという。

意識を失ったニール・クリエフトと結城悟は、魔力封じの枷《かせ》をされ完全に捕縛された。

二人が捕縛されてしまったことで戦意を失ってしまったサンディアル王国兵たちも次々と投降し、同じように捕縛されたのだった。

「これでとりあえず終わったのか？」

「楽観的にはなれないと思いますが、少なくとも帝国の危機は回避されたのではないでしょうか？　ですが、まだ一成様が龍神に命を狙われていることは変わっていません。

例え傷が癒え、信じられない力を得たからといって、人が神に戦いを挑めば……」

リオーネの問いにクラリッサは最後まで答えることができなかった。

一成の傷が癒えた。敵を倒し、仲間を癒した。実にいいことだと思う。だが、それだけで終わるほど世界は優しくできていないことはリオーネはもちろん、クラリッサも十分に知っている。

ゆえに心配なのだ。

猶予を与えると言って消えた龍神が、一成の大きな変化に動かずにいることが。

「おう、リオーネ！　クラリッサさん！　避難の方は終わったんだ？」

二人に気付いた一成が軽く手を上げてやって来る。その姿を見て、二人はホッとする。

少なくとも、見た目上、一成に何か変化があったのではないことがわかったのだから。

「ああ、無事に完了した。信頼できる部下たちに守りを任せ、私たちも前線へとやってきたのだが、お前がすべて終わらせたようだな」

「いいや、別に俺が終わらせたわけじゃない。ムニリアさんたちが、みんなと一緒に必死で戦ってくれたから終わったんだ。俺は最後の最後で二人を倒しただけだよ」

「ですがそれが一番の活躍だったと聞いていますよ。ところで、一成様、お体の方は？」

「それがまったくきれいさっぱりに回復してるんだよ。正直、どうしてこうなったのかわからないんだ。それがちょっと不気味だ」

「そうですか、でもこうして見ている限りなんともなさそうなので一安心しました」

そう言ってくれるクラリッサに一成はありがとうと礼を言う。

二人にも大きな迷惑を掛けてしまった。それ以上に、何度も助けられ世話にもなっている。この返しきれない恩を返すことができるだろうかと思ってしまう。

いつかは元の世界に帰りたいと思っているが、できることならそれまでに二人だけにじゃない、仲間たちみんなに返しきれない恩を返したいと、そう思ったのだった。

「あのさ――」

一成が何かを言おうとしたその瞬間だった。

ずん、と感じたこともない圧迫感がこの場にいるすべての者に襲いかかる。突然すぎる出来事に、何が起きたのかもわからず一成はただ膝を着いて押しつぶされそうな圧迫感に耐える。

膝を着く程度ならまだマシな方だった。リオーネとクラリッサは両手両膝を着いている。無理やり首を動かしてみれば、カーティアやムニリアたちも同様だ。幼いストラトスとキーアや、異種族の兵たちは地面に這いつくばるように倒れている。

「何が、起きたんだ……」

立ち上がることさえできない、この状況の中で混乱するなと自身に言い聞かせながら一成は見た。

天から一筋の光が降り注いでくるのを。

光は次第に強くなり、人数人分の大きさまで広がり眩《まばゆ》さも増していく。

どくん、と一成の中で何かが跳ねた。まるで光の正体を知って、求めているように、嬉しそうに躍動する。

呼吸するのが辛い程の圧迫感を受けながら、一成の中にある何かが、その天から降り注ぐ光のなかに誰かがいることを教えてくれる。

そして光の中から一人の少女が現れた。

純白のドレスに身を包んだ、亜麻色の髪の可憐な少女は、一成にとって忘れたくても忘れられない人物だった。

「姫さん――アンナ・サンディアル」

魔王を殺すために一成を共に葬ろうとした、最も信頼していた少女。サンディアル王国第二王女、アンナ・サンディアルその人だった。

第四章

誰もがアンナの登場に驚きを隠せず、身動きができないほどの圧迫感の中、たった一人無謀にも動いた者がいた。ストラトスだ。彼は、剣を握り杖代わりにしたと同時に、何もかも振りきってアンナへと刃を向ける。

「うぁあああああああああっ！」

だが、まるで不可視の壁があるかのように、ストラトスの体を何かが弾き飛ばした。少年の体は無抵抗に地面へと墜ちていく。

アンナはストラトスの方を見向きもしない。彼女が見ているのは――椎名一成ただ一人だった。

「よくも！　よくも兄貴を裏切っておいて顔を出せたなっ！　お前のせいで、お前のせいで兄貴が、カーティア様が、俺たちがどんな思いをしたと思ってるんだっ！」

仰向けに地面に倒れたまま、心底悔しそうに顔を歪ませて、喉が裂けるような声でストラトスが吼える。だが、その声にさえアンナは興味を示さなかった。

次に動いたのは、カーティアだ。

「どうして一成を、私たちを裏切った！　答えろ、アンナ・サンディアル！」

圧迫感を振り切り、双剣をアンナへと向け斬りかかる。だが、邪魔だと言わんばかりに、素手で払われる。たったそれだけのことで、カーティアはストラトス同様に地面へと叩き落とされてしまった。

圧倒的だった。あまりにも力の差があった。

本来、アンナ・サンディアルにはここまでの力などない。これではまるで、龍神のようだとカーティアたちは思うのだった。

襲いかかってきた二人をようやく見たアンナは、ゆっくりと小さな口を開く。

「邪魔をするな、お前たちに用はない」

ゾッとするような冷たい声だった。同時に、誰もがその声に違和感を覚える。なぜなら、

「迎えに来たぞ、椎名一成。私の大事な半身よ」

少女の口から放たれたのは、別人の声だった。

やや中性的だが、男の声であった。誰の声かわからない。しかし、一成にはどこか懐かしさを感じさせる声だった。そして、ストラトスとカーティアに向けた冷たい声とは違い、一成に向ける声には暖かさが宿っている。

体はアンナであっても、まるで別人だ。まるでアンナの中に誰かがいるようだと思った。いや、実際にいるのだろう。

アンナの体で、その誰かは宙を歩く。人にはできないことをいとも簡単にやってみせた。それだけではない、彼女が近づくたびに圧迫感が増していく。そして、アンナの姿をした何かは一成の前に降り立つと、顎を優しくなでる。同時に光が消えて、圧迫感も嘘のように消え失せた。

「よくぞ自らを受け入れて覚醒を果たした。真の器だからといって、誰もが覚醒に至れるわけではない。いや、真なる器ゆえに覚醒には時間と、本人の強い意志が必要であり、無条件で覚醒できるわけではない」

そんなこと一成が知るわけがない。神の器である自分を受け入れたのは、覚醒するためではない。生きて戦うためだった。

そう言い返そうとしたが、視界の端で、ストラトスとカーティアの下へとキーアが向かうのを見て、目の前の存在の注意を自身に引き留めておくために反論はしないことにした。

「だが、椎名一成――お前は見事覚醒した。私を受け入れる準備が整った。ゆえに私はお前を迎えに来た。共に、来い。異世界の私よ。お前は私で、私はお前だ！」

まるで一成が、アンナの中にいる何かと同じ存在だというように、受け入れるように手を広げる少女。

正体がわかった。魔神だ。龍神が言っていた、一成は魔神の真なる器だと。その魔神が、アンナの体を使って降臨したのだ。

「まさか、姫さんは、器なのか？」

「……ほう、わかるか？　そうだ、アンナ・サンディアルもまた神の器だ。もっともお前と違い、真なる器ではないがな」

「なら、その体から出ていけ！」

「お前が私を受け入れれば、自然とこの器からは出ていく。いささか予定外なことが起きたが、結果だけ見れば私の思い描いた結果となった」

「どういう、意味だ？」

くつくつ、と魔神は笑う。

「ニール・クリエフトの力を見ただろう？　あれは私が授けた力だ。あの者は、サンディアル王国の貴族に恋人を奪われ、復讐のために戦争を起こすために今回の行動に出た。力を与えただけでこうも短絡的に行動するとは思いもしなかったが、結果としてお前が覚醒したのは喜ぶべきことだな」

ニールにそんな過去があったことなど知らなかった。一成は意識のないニールへと顔を向けるが、

「今は私だけを見ろ、椎名一成」

顔を掴まれ、目と目を合わせられてしまう。

抵抗しようと思えばできるはずだというのに、体が動かない。

「所詮、ニール・クリエフトはこの仮初《かりそめ》の器に入っている間に私を守らせるために、収まりきらなかった力を与えただけの存在。すでに与えた力もお前に宿るという形で元に戻っている。わかるか？　今のお前は、神の領域に足を踏み込んでいるのだ。魔力から神気に力は変化し、お前は人間としての殻を破った。喜び、誇りに思うべきだ」

「ごめんだね。誰が喜ぶかよ」

「そう言うと思っていたぞ。もう一人の仮初の器はなんでも言うことを聞くので見ていて滑稽だったが、私はお前のように強い意志を持った者の方が好みだ」

「俺はアンタが大っ嫌いだ」

まだ、体が動かない。今すぐに殴り飛ばしたいというのに、腕が上がらない。立ち上がることができない。今、一成は、魔神の前に膝を着いている状態だった。

屈辱とまではいかないが、不愉快な気分になる。あの圧迫感はこうするために受けたような気がしてくるから不思議だった。

「そもそもあの勇者は誰なんだ？　仮初の器なんて言うくらいだから、どうせ予備の器かなんかだろ？」

「正解だ。結城悟は、アンナ・サンディアルの体が崩壊する前に宿る予備の器としてこちらの世界へと呼んだのだ。正直、お前がここで覚醒しなければ近い内に器を変えようと思っていたところだったのだぞ？」

「そりゃあ、よかったな。だけど俺は器になんてならない、アンタを受け入れたりしない」

「だが、それはアンナ・サンディアルの死につながるぞ？」

一成は凍りついた。

今、魔神はアンナの顔で、口でなんと言った？

「不思議なことではない。真なる器ではないこの娘に、私が宿っていることは負担でしかなかったのだ。常に体に負荷がかかっている状態でこれだけ持った方が奇跡に近い。もう間もなくアンナ・サンディアルの体は朽ち果ててしまうだろう」

「ふざけんな、何を馬鹿な……」

「嘘だと思うか？　では、さらに教えよう。体をもたない私は器と共に生きている。器が死んでしまえば、宿っている私も死んでしまう。わかるか？　私はアンナ・サンディアルの体が崩壊してしまう前に、結城悟の体へと宿り移る予定だった。そうしなければ私に待つのが死であるからだ。だが、その前に、お前が真なる器として己を受け入れ、覚醒した。私を受け入れる準備が整ったのだ。私は歓喜した。仮初の器を使い、いつまた体が崩壊するかと怯えなくてもいいからだ」

嘘を言っているようには見えなかった。筋も通っている。

一成はどうしていいのか、わからなくなる。このままアンナを放って、魔神ごと死なせてしまうのか？

いいや、それは駄目だ。絶対にしてはいけない。だからと言って、一成が魔神を受け入れることもできない。

「姫さんから出ていけ、今すぐにだ！」

「それはできない。私が出ていく時は、次の器へと宿る時だ。それとも、力づくで追い出してみるか？」

実に安い挑発であった。だが、頭が沸騰しそうになる。冷静でいられない。拳を握りしめ、例えアンナの体であろうが殴り飛ばさなければいられない。

「ほう、私の拘束を怒りによって解いたか？」

一成は挑発に乗ることにした。

「叩き出してやる！」

歪んだ笑みを浮かべる魔神へと拳を突き出した。

■

戦いは轟音と砂煙をまき散らしてはじまった。

真なる器として覚醒を果たした一成は、神気を体に循環させて身体能力を向上させていた。それだけではない。龍神がしたように、神気を一成が纏う。

覚醒前とは比べ物にならないほどの力が一成の中に流れていることがわかる。

だが、その力をもってしても、少女に宿った魔神には一歩及ばなかった。

「ハハハ、心地がいい神気だ。私の力だ。覚醒したばかりだというのに、実に上手く神気を扱えている。見事としか言えない。だが、私には一歩及ばないな」

繰り出される拳が、蹴りが、アンナの細い体によってさばかれていく。時には受け止められ、攻防こそ互角に見えるが、魔神の方に余裕があるのは戦っている一成によくわかった。

「早く私を倒さなくていいのか？　私に力を使わせれば、アンナ・サディアルの崩壊も早まるぞ？」

「くそっ！」

悔しいことに、一成は本気で戦うことができない。相手を舐めているとか、そういうのではない。アンナの体を傷つけていいのか、悪いのか判断できなかったのだ。

まだ神気を上手く制御することができず、加減がしきれない。このことが魔神に及ばない理由の一つだった。

「一成！　加勢するぞ！」

背後から掛けられた声に頼もしさを感じた。声の主はリオーネだった。続いて、仲間たちの声が次々に届く。

「アンナは私の友だ、返してもらう！」

全員が話を聞いていたのだろう。事情を理解して、アンナから魔神を追い出そうと戦いを挑む。

カーティアの双剣が魔神を襲う。その影からムニリアとストラトスが剣を構え現れる。

「人間や異種族にしてはやるではないか。だが、甘い。体を使っているといっても、私の戦い方はアンナ・サンディアルと同じではない。むしろ、椎名一成、お前と同じ戦い方だ」

瞬間、強力な神気が吹き荒れる。

カーティアの双剣を叩き折り、ムニリアの胸を蹴り骨を砕くと、ストラトスの腹部に拳を叩きこんだ。

「やれやれ、殺さずに戦うというのは難しいものだ。これでも私は、この器を大事にしている。ゆえに、必要のないものを殺しはしない」

「ふざけんなっ！」

神気による身体能力をした二人がぶつかる。嵐のように風が暴れ、地面が崩れていく。

「一成、援護する！　一度退け！」

「いいから俺ごとやれ！　頼む！」

「くっ……だが、いいや、わかった。放てっ！」

援護射撃をしようとしたリオーネだが、一成がいるためにできなかった。しかし、一成は自分ごと撃てと言う。一瞬迷うも、一成に従うことにした。

リオーネ、キーア、クラリッサ、シェイナリウス、レイン、ハイアウルスが同時に魔術を放つ。

雷撃、爆炎、水刃、暴風、岩石、閃光が一成ごと魔神を捉える。

数多の光と轟音が響く。二人の姿が見えなくなる。しかし、音が聞こえた。肉と肉がぶつかる音だ。

「私たちの魔術では通用しないのか？」

それぞれが魔力を込めた魔術を放ったというのに、魔神はもちろん、一成も無事であった。リオーネはもう、次元が違うと感じた。自分たちが干渉できる戦いではないと。

そう理解してしまえば次の行動は早い。

「負傷したカーティア、ムニリア、ストラトスを拾い、距離を置くぞ」

彼女の命に、誰もが意見することなく動いた。

一成と魔神は戦い続ける。すでに、一成のあちらこちらから血が噴き出している。だが、魔神は大した傷を負ってはいない。

確実に、一成が押され始めたのだ。

「どうした私の半身よ？　この程度か？　それともこの器がそれほど気になるのか？」

「黙れ！　わかってるなら聞くんじゃねえ！　人質を取りやがって、何が神だ！」

「……人質だと？　それは心外だな」

低い声と共に、一成の突き出した拳を掴むとそのまま体を持ち上げて大地へと叩き付けた。

受け身すら取れず背を打ち付けられて、肺から空気が絞り出された。呼吸が止まる。

「私は人質など取ったつもりはない。それはお前の都合だ。私は今、正々堂々と戦っている。お前の理由を私に押しつけるな」

静かな怒りの声と共に、胸を踏みつけられ骨がきしむ。奥歯が折れてしまいそうなほど強く噛みしめ、苦痛に耐える。

「どうした終わりか？　人質を取っていると思われていたのなら、遺憾だがそう思うのならばお前が早く私を受け入れるがいい。それが最もよい解決策なのだぞ？」

「誰が、お前なんかに……」

何がなんでも受け入れないという態度の一成を眺め、ふむ、と魔神は頷く。

「もしやと思うが、私がお前という真なる器を手に入れた結果、お前の大切な誰かに害が及ぶと思っていないか？　人間が、異種族の誰かが傷つくと思っていないか？　だとしたらそれは大きな勘違いだ。私はただ復讐したいだけなのだ。私からすべてを奪ったアンテサルラに！」

「だから受け入れろっていうのか？　復讐するから、この世界に生きてる人には関係ないって言うのか？　だけど、その復讐する前提で、お前は色々な人を傷つけた。今もこうして、俺や仲間を、そして姫さんを傷つけている。そんな奴の言うことを信じることができるはずがねえだろっ！」

「ならばアンナ・サンディアルを見捨てればいい。簡単な話だ。だというのに、どうしてお前は今もそうして立ち上がる？」

「……何？」

　自分が無意識に立ち上がっていることに、魔神に指摘されて気付く。

「私には力は及ばない。仲間も頼りになっていない。しかし、アンナ・サンディアルを見捨てて私を滅ぼすこともできなければ、お前が私を受け入れることもできない。何がしたくてお前は立ちあがる？」

「それは、俺がまだ負けていないからだ！　力が及ばない？　まだ俺は倒されていない、負けていないからだ！　だから俺は姫さんを見捨てない。アンタを受け入れることもしない。俺は姫さんからアンタを叩き出して、それで終わらせる」

「できもしないことを言うのは、誰にでもできる。吼えるだけならば、それは獣と同じだ」

「なめるなっ！」

　怒りと共に放たれた攻撃は、魔神によって容易く掴まれた。

「ならば絶望を与え、心を折ればいいのか？　私は半身であるお前を受け入れたいと思っている。共存したいと思っているのだ。ゆえに、反抗も、衝突も必要なことだと思っている。お互いが分かり合うために」

「分かり合うことなどない！」

掴まれていないもう一方の拳を放つが、やはりいとも容易く防がれてしまう。次の瞬間、魔神の――いや、アンナの体から血が流れ出す。

「それは……」

「ああ、これはもう限界が来たようだ。わかるか、椎名一成。このまま戦えば、お前に見捨てるつもりがなくとも、アンナ・サンデァイルの体は崩壊する。同時に私と共に、彼女は死ぬということだ」

ゆっくりと、大人が子供に言い聞かせるように、優しい声を出した。

「お前は本当にそれが望みなのか？」

「違うっ！」

「……しようがない子だ。黙っていようと思っていたが、お前がしっかりと判断できるように真実を告げてやろう。いいか、アンナ・サンディアルはお前のことを愛していた。だからお前を求めようとした。しかし、愛は人を歪ませる。その想いが強ければ強いほど、歪んでしまえば歪《いびつ》な形となる」

まるで経験者であるような言い方だった。

「ゆえに、歪んだ愛に支配され、アンナ・サンディアルはお前を殺すことによって、永遠にお前を手に入れようとしたのだ」

「う、嘘だ……」

「嘘などつかない。私はアンナ・サンディアルと繋がっている。ゆえに気持ちもわかる。だから言おう。愛情が歪んでしまったのは私を宿していたからだ。そのことに関してはすまないと思う気持ちもある。だが、これでわかるだろう。お前は裏切られたわけではないということを！」

その言葉が本当ならば、どれだけよかったのかと一成は思う。しかし、真実か偽りか言葉の真偽がはっきりとしない。魔神の声ではなく、アンナの声で今の言葉を聞けたなら、まだ違ったのかもしれない。

魔神が一成の心を揺さぶるために、こんな話をしているのかもしれない。そう思ってしまうのだ。

「嘘だと思いたいなら思えばいい。だが私は、お前と対面してから、一言たりとも嘘偽りを言ってはいない」

ならば、アンナが一成に抱いていた愛情も本当なのだろうか？

だとしたら、気付くことができなかった一成にも非がある。いつも笑顔を絶やさなかったアンナが笑顔の下で何を思っていたのか、そんなことを今になって知ったからといって何になるのだ。

もしも、アンナが本心で一成のことを使い捨ての道具として裏切ったのではなく、愛情が歪んだために殺してしまうほど想ってしまったのだというならば――心の闇が払われるだろう。

愛情の形までに文句を言うつもりはない。魔神本人が、自分のせいで想いを歪めたと言っているのだから。

だとしたら、一成に出来る最善のことはなんだろうか？

見捨てることなど最初からできない。それができるのならば、こんなに必死になっていないのだから。

ならば、

「姫さん、聞いてくれ……」

一成はアンナの両肩に手を置いた。

細い体だと思う。こんな細く、力を込めてしまえば折れてしまいそうな体に、魔神を

宿らせて彼女は何をしたかったのだろうか？

教えてほしい。魔神からではなく、アンナ本人から。

そして、本当に一成のことを裏切ったのではなく、歪んだ愛情ゆえの行為だったというのならば――

「俺の声が届いているか？」

こんな可能性に少しは賭けてもみてもいいだろう。

■

「ごめんな、姫さん。最初に謝らせてくれ。俺が姫さんの気持ちに気付かなかったせいで……でも、こういう言い方は傲慢に聞こえるよな。もっといい言葉がないかと思うんだけど、見つからないや。だけどさ、このままじゃ駄目だ。仲間を傷つけてそれでいいのか？」

「無駄だ、もうアンナ・サンディアルの意識は声の届くところにはない」

魔神の声を無視して一成は続ける。

「何かに悩んでいるなら言ってほしかったよ。俺は俺で必死になってたから、姫さんのことまで気付かなかった。だけど、姫さんだって悪いんだぜ。いつも笑顔でこっちに何も気付かせてくれないんだからさ」

「無駄だと言っているだろう！　やめろ！　もう声など届かない。私を受け入れて時間が経ちすぎているのだ。もう体は崩壊寸前で私が命を繋いでいるようなものなのだぞ！　もう、諦めて私を受け入れろ！」

急に余裕をなくし、せかすように放つ魔神の言葉が気になったが、それでも無視して一成はただアンナにだけ話し掛ける。

「俺は姫さんの声で聞かせてほしい。魔神の言葉でどれだけ真実を聞かされても、心のどこかで信じることができないんだ。だから、頼む、姫さんっ！」

返事はなかった。静寂だけが訪れる。

「くく、くくくくっ！　無駄なことをして気が済んだか、椎名一成？　もう余計なことなどせずに、決めるのだ！　アンナ・サンディアルを見捨てて私を倒すのか、それともこの哀れな少女を助けるためにお前が私を受け入れるのか？　時間はない。選べ――今すぐここで！」

静寂を切り裂くように笑ったのは魔神だった。

賭けに負けたのだ。一成の声はアンナに届くことはなかった。

「俺は……」

アンナを見捨てることができるはずがない。仲間なのだ、大事な仲間だったのだ。裏切られたと思っていたが、そうではなかったとわかったのだ。

突如、アンナの白い頬が弾けて血が噴き出した。

「……え？」

鮮血《せんけつ》を浴びて、一成は目の前で起きた光景に衝撃を受け唖然とする。

「時間だ」

魔神の声だけが静かに響いた。

「時間が訪れた。もう残された時間はない。アンナ・サンディアルの崩壊が今始まった」

その言葉を裏付けるかのように、アンナの額が、腕が、足が、腹部が、至るところから出血がはじまった。純白のドレスが赤く染まっていく。

絶句したのは一成だけではない。動けずに見ていた仲間たちもまたこの光景に言葉を失っていたのだ。

それだけではない、これだけでは終わらない。

アンナの頬がひび割れていく。皮膚が音を立てて割れていく。だというのにそこからは血は一切流れない。

人の傷つき方ではない。人の壊れ方ではない。何もかもが異常だった。

「僕の中へ来いっ！　僕も器なんだろ!?　だったら、僕に、僕に力をくれ！　僕にアンナ様を守らせてくれっ！」

少年の声が響く。喉が裂けてしまいそうなほどの絶叫で言葉を発したのは結城悟だった。

一成によって意識を刈り取られていた彼が意識を取り戻していたのだ。そして、発した言葉から今までの内容を聞いていたのだろう。

「ほう……」

魔神は笑った。

自らも死を迎える寸前だというのに、勇者などではなく、代用品でしかない替えの器の少年の言葉に笑った。

「駄目だ……」

一成は呟いた。それをしてしまっては駄目だ。解決策がなく、こんな状態にアンナがなってしまっても、決断ができない優柔不断な自分よりもよほど覚悟を持っていると思えた悟の行動だが、それは間違っていると確信する。

究極の二択だったのだ。

一成が受け入れるか、それともアンナごと見殺しにするかのどちらかだった。

だが、ここに来て魔神に猶予が与えられてしまった。一成にも与えられたことになるが、これは大きく違う。

決して冷たいわけではない一成だが、アンナと悟では優先度が違う。

「なるほど、私にとっては時間稼ぎにはなる。利用されるだけの代用品にも劣る器がここに来て私の役に立つとは……何事も幾重に準備をしておくものだ」

「やめろ！」

「やめぬ。やめろと言うならば、お前が器として受け入れるのか？　できぬのならば、しばし黙っているがいい」

駄目だ、駄目だ、駄目だ。これでは駄目だ。

アンナが助かる可能性があるのはいいことだ。一成が器にならないこともいい。だが、悟という一成にとって敵でしかなかった少年が魔神の器となれば——

——俺はお前を助けたいとは思えないかもしれない！

仲間を傷つけ、帝国兵の命を安々と奪った少年と自身を天秤に掛けることなどできない。

ゆえに一成はやめろと叫ぶ。

魔神は血まみれとなったアンナの手で一成の頬を殴り飛ばすと、悟へと真っ直ぐに視線を向ける。

「結城悟、問おう。お前は勇者ではない、このアンナ・サンディアルの体が崩壊する前に、私が一時的に宿るだけの器として召喚したに過ぎない。それでも、私を受け入れるか？」

「よせ、やめろ！」

まさかアンナの体にまだ力が残っていたとは思わずに油断していた一成は、地面にうつぶせになったまま顔だけ起こし叫ぶ。だが、遅かった。

「僕は受け入れるっ！」

「よくぞ言った！」

瞬間、誰もが目が眩むほどの白く強い光がアンナから放たれ悟へと繋がる。世界が止まったように、誰もが動けなかった。

どのくらい時間が経ったのだろうか。捕縛され、倒れていた悟がゆっくりと立ち上がる。音を立てて、彼を拘束していた枷が破壊されていく。

「ふむ、器としては未熟すぎる。このままでは一日も持たないだろう。だが、崩壊寸前の体よりはまだマシか……」

魔神は新たな器を手にしてしまった。言葉通りであれば、わずかな時間しか持たない、時間稼ぎにしかならない脆弱な器であるが、今、滅びようとしていた魔神は間違いなくその命を長らえた。

そして、

「真なる器、椎名一成よ。お前を痛めつけ、私の器になりたいと言わせるには十分すぎるほどの時間だ」

先ほどとは打って変わり、受け入れるように説得するのではなく、受け入れるように強制させることを決めた魔神がそこにいた。

「……馬鹿野郎っ！　身代わりになればいいってものじゃないだろ？　それじゃあ、なんにも解決にはならないじゃねえか！」

それでもきっと結城悟はアンナ・サンディアルを助けたかったのだろう。ただそれだけだったはずだ。

最後の最後まで、迷った挙句に決められなかった一成よりはよほどいい。少なくとも、一人の命を救ったのだから。

第五章

「さあ、教育の時間だ。私たちはもっとわかり合うべきだ。だが、言葉ではわかり合えないことはわかった。ゆえに、今度は最初から戦うことで分かり合おう」

「みんな、姫さんを頼むっ！」

視線の先には、純白のドレスを赤く染めて倒れているアンナがいる。もうすでに彼女の中に魔神はいない。だからといって体が無事なのかどうかがわからない。しかし、わずかに倒れているアンナの胸が上下していることから息をしている。生きているということだけがわかった。

立ち上がり、一成は悟を見据える。

アンナの下へと駆け寄りたいが、それはできない。もうすでに、魔神がこちらを睨みつけているからだ。隙を与えればすぐに攻撃されるだろう。

仲間を信じるしかない。いや、信じているからこそ、頼ったのだ。

「俺はやっぱりアンタの器にはなれない。アンタは結局、結城悟の想いを利用したことになる。そんな奴とわかり合いたいとは思わないし、思えない」

「そうか、ならばわかり合えるまで戦おう。もっとも、戦いにこの体を使えば一日も持たないだろうゆえに、最初から出せる限りの全力で行こう。お前も私を殺すつもりで来い。そうでなければ死ぬぞ？」

瞬間、一成の背後から攻撃が放たれた。

目にも止まらない速さからの攻撃だ。避けることができたのは、四方を注意していたからと、地面を踏んだ音を聞いたというほとんど勘に近いものだった。

次々と攻撃は放たれる。避け、受け流し、反撃する。

奥歯が折れた、指が折れた、鮮血が噴き出す。

あっという間の攻防で、二人の体はボロボロとなった。

「動きづらい体ゆえにお前の攻撃をもらってしまうのかと思ったが、そうではないな。遠慮がない。そうか！　敵であった結城悟ならお前もアンア・サンディアルの時とは違い本気が出せるのか？」

魔神が笑う。一成は反論も言い訳もしない。事実その通りなのだ。

戦いやすい。遠慮はしていない。だが、それでも――助けてやりたいと思える。そのことに安堵しながら、戦っているのだ。

「その体から出ていけ」

「同じ問答はやめよう。私がこの体から出ていく時は、お前が私を受け入れる時のみ！」

魔神の言う通り、互いの答えが決まっている今、同じ問答は繰り返すべきではない。一成たちはぶつかり合う。文字通り激突し、互いの体に攻撃する。どちらかが倒れるまで続くだろう。そして倒れた方が負けなのだ。

非情なことを言えば、これは勝機だった。一成自身もこのことはわかっている。だが、それをしてはいけないとも思っているのだ。

――結城悟ごと魔神を倒せ。

――結城悟を見捨てて、魔神ともども崩壊させてしまえ。

一成の中でそんな答えが浮かんでは消えていく。ここまで非情な人間だったのかとショックを受けながら、それは予想できていたことだと思い直し、拳を振るい続ける。

何度も何度も面白い程に拳が、蹴りが悟を捉えていく。

潜在能力だけなら、一成は魔神に遠く及ばないだろう。しかし、魔神は未熟な器の中にいる。そしてその体を自在に使えるほど馴染んでいるわけでもない。そのおかげで戦いは拮抗している。いや、一成の方がわずかに押しているかもしれない。

「これほど、これほどとは思わなかった……」

「そんなに相性が悪いのか、その体と？」

「いいや、違う。お前の強さだ……もっと早く、それだけの力を出していれば、私がアンナ・サンディアルの体を使っている時に倒せていたはずだ。お前のその甘さは嫌いではない。だが、その甘さが命取りになるということはよくわかる」

向かい合う二人は血だらけだった。唇を切り、瞼を腫らし、視界も狭くなってしまっている。四肢には力が入らなくなっており、拳を握っているのかいないのかわからなくなってきた。

立っているだけで、地面に赤い血の水溜りができてしまう。それほど互いに血を流しているのだ。

「む……もう限界か。半日どころか一時間も持たなかったな」

パキパキと枯れた枝を折るような音が鳴り響く。そして、悟の左腕が音を立てて砕けた。まるで割れたガラス細工のように粉々になった腕が、袖口から零れ落ちていく。

「だが、それはお前も同じようだな？」

「何、を？」

がくん、と一成は膝を着く。ここへきて長く戦いすぎた無理が祟《たた》ったのだ。

「残念なことに、私には疲労はない。それどころか痛みもないのだ。ただ、器が痛み、疲労するために私の動きも鈍くなる。だが、それだけだ。器のことなど考えずに無理をさせれば、私は器が壊れるまで戦える。それでも続けるのか？」

「当たり前だ、いちいち聞くな」

まだ一成の中で悟をどうするのか決めていない。どうしてこうまでに優柔不断なのだろうかと自己嫌悪する。

それでも誰かに答えを委ねないのは、一成なりの意地なのかもしれない。だが、それも些細な意地だ。

「そうか、残念だ」

一成の返答に、心底残念そうな表情を浮かべた魔神は――

「ならば、再びアンナ・サンディアルの体へと戻るとしよう」

恐ろしいことを、いとも簡単に言い放ったのだった。

■

魔神の声はカーティアやリオーネたちにも聞こえていた。

カーティアは腕の中にいる、アンナの体を守ろうと抱きしめる。

アンナは生きていた。消耗こそ激しく、出血も酷いが生きていたのだ。

魔神が出ていったこと、まだ生きていることに希望を感じたカーティアは、まだアンナとやり直せると思っていた。その気持ちは、カーティアだけではなく、ストラトスたちも同じだった。

アンナがすべて悪かったわけではない。間違ってはいたかもしれないが、その原因も魔神によって彼女の想いが歪んでしまっていたからだ。

ただ、一つだけ、どうしても理解できないことがあった。それは、どうしてアンナが魔神を受け入れたのかということ。

アンナは何を目的として魔神を受け入れたのだろうか？

だが、意識はない。問うても返事はないだろう。ゆえに、魔神がアンナへと再び宿る

ことはできないと誰もが思っていた。

しかし――

「言っていなかったが、一度でも私を受け入れてしまえば、次は無条件で宿ることができる。そういう決まりになっている」

魔神の言葉に皆が凍りつく。ストラトスが嘘だと叫んだ。

「言う必要がなかったのだ。私はアンナ・サンディアルの体に戻るつもりはなかったのだから。だが、結城悟の体は酷使した結果もう崩壊となった。ゆえに、私は再び彼女の体へと戻ることに決めた」

魔神はそう宣言し、一成に背を向けて、アンナへ向かい足を進めた。

「黙って、俺がさせるわけがねえだろぉおおおおっ！」

背後から一成が飛びかかってくるが、振り返らずに放たれた裏拳が一成を捉え後方へと吹き飛ばしていく。

その代償は大きかった。魔神の――いや、悟の右腕がだらりと垂れる。

「折れたか……これ以上の酷使はやはり好ましくないな」

魔神は一直線にアンナへ向かう。

だが、アンナと魔神の間に割って入る人影があった。

「これ以上好き勝手にさせるかっ！　玉砕覚悟だっ！」

「同じく、相手にならないとわかっていても、戦うべきだと心得ている」

剣を構えた二人、ストラトスとムニリアだった。さらにその背後には、リオーネ、クラリッサ、キーアが魔術を展開し構えている。

「お前たちに用はない。いいか、これは私が椎名一成に対して持っている好意ゆえの配慮だ。器でもないお前たちなど、何度も命を奪うことが可能だった。だが、それをしなかったのはなぜか？」

「そんなこと俺が知るわけないだろ！」

ストラトスが縦一閃に折れた剣を振り降ろす。が、いとも容易《たやす》く指で掴まれてしまう。

「年齢を考えると、よい剣士だ。だが、わかるだろう、この明確な差が。それでも私はお前たちを殺しはしない。私の半身である椎名一成の大切な者は私にとってもそうありたいと思っているからだ」

「どこまでも矛盾なことを！　ならばなぜ、そう言いながらアンナ・サンディアルの体を再び使おうとする？」

　ムニリアが吼え、剣を構え貫かんと突っ込む。魔神は掴んでいた剣を今度こそ完全に破壊しストラトスを殴り飛ばすと、ムニリアの突きを軽々しく受け止めた。

「誤解があるようだが、私とアンナ・サンディアルの間には契約がある。私たち神々は契約を大事にする。ゆえに、私には再びその体を使う権利がある」

「権利だと？」

「そうだ、鬼と人の混血よ。そうか、そういえば言っていなかったな。ふむ。私の口から言うべきではないかと思うが、仕方がない。言わせてもらおう」

「何を……」

「私はアンナ・サンディアルの復讐を果たすことを条件に、その体に宿ることを許されているのだ」

「嘘だ……」

　いの一番に反応したのは、アンアを抱いているカーティアだった。

　カーティアが知る限り、いつも笑顔を絶やさないアンナに復讐などという言葉は無縁とも思えたからだ。

「残念ながら、嘘ではない。椎名一成にも言ったが、私は嘘などつかない」

「ならば、なぜ復讐など！」

「知らないのか？　アンナ・サンディアルの母親は異種族によって殺されている。父である王は、エルフとの友好関係を壊したくなかったゆえに、事故として処理した。そして、そのことを幼いながら聡明だったアンナは知っていたのだ」

　誰もが絶句する。そんな話など一切聞いたことがなかったからだ。

「知らないようだな。無理もないか。自分から話すことではなく、真相を知っているのは父王だけだ。姉妹も、義母もみなただの事故だと信じて疑いもしない」

「それが、はじまりなのか？　アンナ……それがあなたのはじまりなのか？」

　腕の中にいるアンナへと問い掛けるが、返事などあるはずはない。

「その異種族はどうした？」

「やはりそれを気にするか、異種族の王よ。生きている。驚いた顔をするな。だが、考えてもみろ。母親の仇をそう簡単に殺すと思うのか？　殺された理由は一人の過激思想の異種族が人間からの支配を逃れるために、戦争を起こそうと王族を狙った。それだけだ。そして、その者とその血に連なる者は、永遠ともいえる空間で、決して終わることのない苦痛を今もこの瞬間も味わい続けている」

なんと恐ろしい復讐だと魔神は言う。殺して母の下へ向かわせるのではなく、殺すこともしなければ、生かすこともしない。永遠という牢獄に苦痛と共に繋いだのだ。

それがどれほど恐ろしいことなのか、考えることすらできない。いや、したくない。関係ない家族まで巻き込まれたことは哀れにさえ思うかもしれないが、最初に手を出した方が悪い。

「私は契約を果たした。ゆえに、私にはアンナ・サンディアルの体を使う権利がある。彼女は使わせる義務がある。そして、その契約の中で、結果としてアンナ・サンディアルは死んでも構わないとまで言っているのだ」

言葉が出ないとはまさにこのことだった。

アンナがどんな気持ちで魔神と契約したのか、それはわからない。だが、並々ならぬ覚悟の結果なのだろう。そして、その結果がこれなのか、と誰もが思った。

復讐など何も生み出さない。まさにアンナがそうだった。

「もういいか？　いや、駄目だと言っても戻らせてもらうがな。先ほども言ったが、あくまで誠意で応えたにすぎない」

「待てっ！　待ちやがれっ！」

「椎名一成よ、私は待たない。お前はこのままでは私を受け入れないことはわかっている。戦いの果てに通じ合うものを私は感じたが、お前は感じていないようだった。ならば、受け入れるしかない状況を作らせてもらう。悪く思うな」

「待てって、言ってんだよ！」

魔神から光が放たれる。一成は魔神を止めるべく、駆ける。拳を握り、殴り飛ばしてでも止めようとしたが、

「一度、受け入れた器というのは実に簡単に戻れてしまうものだな」

遅かった。悟の体は地面へと倒れ、カーティアの腕の中にいるアンナから再び魔神の声が放たれた。

「てめぇええええええっ！」

決断できず、後手に回り続けた一成の絶叫が、虚しく響いた。

■

誰もが無力を痛感させられ、言葉を失う中、カーティアの腕の中からアンナの体を再び支配した魔神が立ち上がる。

「待ってくれ！」

手を伸ばしたカーティアを無視し、真っ直ぐ一成に向かっておもむろに向かっていく。

連戦による連戦で、もはや戦う力は残っていなかった。一成は肩で息をしている。得たばかりの神気を使いすぎたのだ。仲間たちも同様に疲労を隠せない。

これ以上戦うことはできないと誰も心が折れかけていた。何よりも、戦えばアンナの体がもたないことがわかっているのだ。

悔しさに唇を噛みしめる。

どうしたらいい？

どうすればアンナを助けることができる？

何をすれば魔神を倒すことができる？

答えが出ない疑問ばかりが浮かんでくる。

戦うしかないのかと立ち上がるが、それだけの動きをするだけで意識が朦朧《もうろう》としてしまう。体が限界だと悲鳴を上げていた。

それでも一成は諦めたくないという思いからこちらに来る魔神へと向かおうとして、足を掴まれた。

「頼むよ、お願いだ……」

気付けば足下に、悟がいた。一成の下へと張ってきたのだろう。残っている血に濡れた右腕を伸ばし、懇願する視線を一成へと向ける。

「お願いだよ、アンナ様を助けてあげて……お願いします」

弱々しい声だった。だが、悟の声には様々な感情が込められているのが一成に伝わった。

本当に、ただアンナのことだけを考え、もう自分で何かをできないから一成へと頼んだのだろう。

魔神を受け入れたせいで片腕を失い、ボロボロとなった自分自身を助けてと言うのではなく、再び魔神を宿したアンナを助けてと言う悟の純粋な想い。

応えてやりたいと思った。一人の男として応えなければいけないと思った。

「わかった。俺は、姫さんを助けるよ」

静かに、決意を込めた声で返事をする。悟は一成の言葉を聞き、安堵の表情を浮かべると、短く礼を言い、意識を失ってしまう。

一成は決意した。もうこれ以上、犠牲を出したくない、自分が躊躇ったせいで今の状態があることを、これ以上許すことができない。

思えば、どうして決断ができなかったのだろうか。

もっと生きていたいと思った。再会した仲間たちと、たくさん話して、些細なことで笑って、一緒の目的に向かいたいと思っていた。

そして何よりも、元の世界に帰りたかった。

だから一成は魔神を受け入れることを拒否し続けた。無論、それだけが理由じゃない。魔神に真なる器である自分の体を渡してはいけないとわかっていたからというのもある。だが、やはり、なんだかんだ言っても結局は我が身可愛さだっただけかもしれない。

それが悪いとは誰も思わないだろう。

椎名一成は聖人君子ではない。一年前は高校生で、戦いなどと無縁の世界からこちらの世界へとやってきただけの人間だったのだ。

だが、人生に「もし」はない。偶然も存在しない。

一成がこの世界にやってこなかったという「もし」は存在しないし、偶然この世界に呼ばれたわけでもない。

もういい加減、それを認めなければいけない。認めていたつもりだったが、どこかで否定していたと思う。

まっすぐに魔神を見つめた。

アンナの体を使い、一成へとまっすぐに向かってくる足取りは軽い。純白のドレスが血で赤く染まりながらも、そんなことを気になどしていない。

手を伸ばせば互いが触れ合える距離で二人は足を止めた。

「ほう、実に善き目をしている。決断したか？」

「ああ、したよ。もう逃げない、逃げるのはやめた。真正面から向き合って、戦うことにした」

「よくぞ決意をしたと言おう。決して遅くはない、早い決断だった。何よりも、まだお前は諦めていない、それが実にいい。諦めの悪い者は好きだ。私がそうであるゆえに」

「一緒にするんじゃねえよ、反吐がでる」

「つれないことを言うな……それで、どう決意したのだ。言葉でしっかりと言ってほしい」

悔しいが負けを認めよう。勝つことはできない。戦えば、アンナが死んでしまう。誰かがまた巻き込まれてしまう。それだけは駄目だ。嫌だ。

「俺は――」

負けを認め、魔神を受け入れると言おうとしたその瞬間だった。

「な、んだ……これ、は？」

突如、魔神が膝を着き、胸を抑える。

「何が起きた？」

予想外の出来事に、ただ疑問の声を上げることしかできない。そして、魔神が苦しむように胸を押さえて十数秒が経ったその時、

「一成様……駄目です。私を救うために犠牲にはならないで」

魔神の声ではなく、聞き覚えのある少女の声が耳に届き、一成は目を見開く。

「まさか……姫さんなのか？」

その問いに、アンナは顔を上げて一成へと返事をした。

「そうです。一時的に私が表にでることができました。だから、お願いです。私をこのまま――邪魔をするな、アンナ・サンディアルッ！」

あまりにもとっさの出来事だったが、二言会話をする間もなく、魔神に主導権を奪い返されてしまった。

だが、驚きを隠せないのは一成だけではない。離れた場所から見守っていた仲間たちはもちろん、何よりも魔神自身がもっと驚愕を浮かべていたのだ。

「──信じられん。こんなことがあるのか？　いや、些細な偶然か。一度、器を離れたせいだろう」

「くっ、アハハハハハハッ！」

「何が面白い？　私が偶然とはいえ、アンナ・サンディアルに支配を奪われたのがそんなに面白いことか？」

突然笑い出した一成、侮辱されたのかと魔神は声をこわばらせるが、そうではない。見つけたのだ、見つけてしまったのだ──希望を。

ほんのわずかな光でしかないが、賭けるだけの価値がある希望を一成は確かに見つけた。

アンナのおかげだった。アンナが一瞬でも魔神の支配から抗ってくれたおかげで、一成は可能性を見つけることができた。

これで、負けを認めて魔神を受け入れるのではなく、僅かとはいえ勝つために勝負するために魔神を受け入れることができる。

「いいや、面白いわけじゃない。だけど、光が見えたんだよ。じゃあ、続けようぜ」

「ほう、私を受け入れる気がまだあったのは嬉しいことだ。光が見えたなどと言いだすから、また戦うのかと思ったぞ？」

「戦うさ、今度は俺の体の中で」

「私は愉快だと笑えばいいのか？　一瞬、私の支配の合間を縫って現れたアンナ・サンディアルに勝機を見出したとでも言うのか。ならば、それは無駄なことだと言っておこう。その上で、問おう――椎名一成よ、私を受け入れるか？」

「受け入れる――俺の体に来い」

　大きく両腕を広げた。

　魔神は笑い。光に包まれる。

「これにて契約は完了した。私はお前であり、お前は私だ。半身と半身が一つになり、私たちは真なる姿を取り戻す！」

■

　そして、一成をも光が包み、目もくらむ閃光が天へと向かい放たれたのだった。

光はすぐに収まった。同時に、どさり、と音を立ててアンナの体が無抵抗に地面へと倒れる。

「アンナッ！」

とっさに駆け寄ったのはカーティアだ。アンナを抱き寄せ、息をしていることを確認し、安堵の息をつくと、目の前にいる一成に目を向ける。

「……一成、おい、一成！」

返事はない。

魔神を受け入れてしまった一成へと声を掛けるが、何も反応がなかった。

いったいどうなってしまったのだと、アンナを抱えながら、手を伸ばそうとしたカーティアをリオーネが掴んでとめる。

「よせ。わかっているはずだ。もう、魔神は一成の中へと入ってしまった。不用意なことはするな」

「しかし！」

「それで何かあれば、最も悔しい思いをするのは一成自身なのだぞ！」

「……ッ」

「わかったなら離れるぞ。これからは、一成が言った通り、一成と魔神との戦いだ」

まるで自分自身に言い聞かせるように、リオーネはカーティアに言うが、それでも瞳は心配そうに一成から放すことができない。

どうか、アンナが起こした奇跡がまた起きますように、と願わずにはいられない二人だった。

だが――

「素晴らしい、これが私か？　いや、以前の私を越えた存在に、私は生まれ変わった！」

カーティアとリオーネに絶望が襲う。

一成の口から発せられた声は、聴きなれた一成のものではなかった。

それだけではない。ざわり、と音を立てて黒髪が伸びていく。長い間牢獄へと繋がれた囚人のように、ただ髪が伸びた。

白い肌があさ黒い褐色の肌へと変わっていく。腕や顔に刺青のような模様まで浮かんでくる。

アンナや悟が魔神を宿している時には起きなかった現象だった。

「私はすべてを取り戻した！　さあ、復讐を果たそう、アンテサルラよ！」

憎悪と歓喜に包まれた声で、魔神は天へと向かい咆哮のような声を上げた。この時をもって、椎名一成の体は魔神の物となった。

だがしかし、それを許せない者がいた。

「兄貴の体から出ていけぇぇぇぇぇぇぇぇっ！」

一成を兄と慕うストラトスだ。彼は一成へと肉薄し、握りしめた拳を放ち、頬へと一撃を入れる。

肩で大きく息を切らせながら、続けて何度も何度も殴りつける。

だが、

「気は済んだか？」

氷のように冷たい声が降り注ぐ。目を合わせれば、温かみなど一切持たない冷徹な瞳にストラトス自身が写っている。

同じ体を使いながら、こうも違うのか。そうストラトスは絶句し、膝から崩れ落ちてしまう。

「諦めるな、ストラトス！」

叱咤したのはリオーネだ。彼女は一成の戦いを見守っている間、ずっと貯めこんでいた魔力を魔神へと放った。黒い魔力の本流が一成の体ごと飲み込んでいく。

しかし、邪魔だと言わんばかりに腕を振っただけ、魔力の本流は霧散《むさん》した。

それでも諦められない者たちがまだいる。

クラリッサが千を超える魔力の矢を放つが、土埃が立つだけで一成の体に傷をつけることはなかった。その絶対的な防御に絶句するクラリッサの横から、ムニリアが飛び出し、鬼として最高の力を持った突きを放ち体を射抜かんとするが、突きを放った腕が無残にひしゃげた。

「もういいのか？」

パチン、と指を鳴らす。たったそれだけの行動で、衝撃波が放たれストラトスたちは遠くへと弾き飛ばされた。

唯一衝撃波を食らわなかったのは、アンナと彼女を癒すために回復魔術を使い続けているカーティア、シェイナイリウス、レインの四名だけ。

魔神は彼女たちへ視線を向けると、

「アンナ・サンディアルの体を癒してやれ。まだ間に合う。酷使した私が言うのもどうかと思うが、彼女のことは嫌いではなかったゆえに、死なれれば気分が悪い。私はお前たちを邪魔しない、だからお前たちも私の邪魔をするな」

そう言い残すと、再度、天へと視線を向ける。

「かつて奪われたものは取り戻した。いや、それ以上のものを手に入れた。私は過去の私を越えて復活したぞ！　私からすべてを奪ったお前を決して許しはしない。いつまで唯一絶対の神を気取っているつもりだ、降りてこいアンテサルラ！」

天へ向かい宣戦布告をした魔神が、さらに言葉を続けようとした瞬間だった。

——突如、体の自由が奪われた。

「な、に？」

魔神の動きが止まる。意志に反して体が言うことをきかない。どれだけ体を動かそうと力を込めたにもかかわらず、体は微動だにしなかった。

「なぜだ……何が起きている？」

唯一自由が効くのは口だけだ。その口も疑問を呟くことしかできない。

「私に、何が起きているというのだっ！　私は力を取り戻した。いやそれ以上の力を手に入れた！　だというのに、どうして私はこうも無様に動くことができない？」

どれだけ声を荒げようと、動くことのできない事実は変わらず、変化しない。魔神はこの真実を受け入れることができなかった。いや、受け入れるはずがない。

真なる器という、己の半身とも言える椎名一成に宿ったことで、二人は同化したと言ってても過言ではない。その結果、力を失う以前よりも力を得ることができたのは、ひとえに一成の持つ力が足されたためだ。

ゆえに最高の状態として、過去の姿を取り戻し、復活した——はずだったのだ。

にもかかわらず、実際はどうだ。動くことができない。それだけではない。爆発的に体内に秘める神気さえ支配を失っていく。

まるで自分の中の誰かが、支配を奪っているように——

「まさかっ！」

思い出すのは、一瞬とはいえ、自らの支配を逃れたアンナの存在だった。彼女の姿を見て、一成は笑い、光が見えたと言った。

「まさか、お前か、椎名一成？　お前は、偶然ではなく、奇跡でもなく、お前の力で私の体の自由を奪っているというのか？」

そんな馬鹿なことがあるか、と魔神は叫ぶ。

神の領域に足を踏み込んだとはいえ、器である人間と、神とではその差は漠然としているはずなのだ。

人間が神に抵抗するのか？

支配を奪うのか？

己の中へと叫ぶと、体の奥底で誰かが不敵に笑っていた気がした。

「まさか、まさかお前は最初からこのつもりだったのか？　私に抵抗することを前提に、私を受け入れたとでもいうのか？　だが、それは甘い、そう簡単にいかせるものか！いくら支配に抗おうとしても、私の意識がこうして表にある以上、お前にできることは私の動きを止めることだけ。そしてこの状態も長くは続くまい。何よりもお前には私を倒すことができないのだから！　諦めろ、椎名一成っ！」

血を吐き出しそうな勢いで魔神は叫ぶ。無駄な足掻きをするなと、抵抗したところで無駄なのだと叫び続ける。

「負けないで、兄貴！」

ストラトスが大地に倒れたまま、魔神の奥底へといる一成に向かって声を張り上げる。

少年の応援に続き、仲間たちが次々に声を上げていく。

抗え、負けるな、戦え、信じているぞと一成に向けて応援の言葉を送り続ける。

そして、カーティアの肩を借りて、意識を取り戻したアンナが立ち上がり、おもむろに一成に向かって体を引きずっていく。

「一成……」

「一成様……」

二人は一成へと手を伸ばし、動くことができない体をしっかりとつかむ。

「戻ってこい、一成。お願いだから戻ってきてくれ」

カーティアが涙を浮かべ、懇願する。

「一成様、謝って済む問題ではありませんが、ごめんなさい。あなたを傷つけたこと、私をその身をもって助けてくれたこと、言葉には表せないほど申し訳ない気持ちで押しつぶされてしまいそうです。許してください、とは言えません。ですが、どうか戻ってきてください。負けないでください――お願いします、私の愛しい人」

涙を零し、懺悔をするように、アンナが一成へと告げる。同時に、ようやく正気となって想いを告げることができたことに、安堵する。体がボロボロとなったアンナはいつまた意識を失ってもおかしくはないのだ。そして、意識を失い、また目を覚ます保証もない。

だからこそ、あえて愛しい人と言ったのだ。散々迷惑を掛けておきながら、厚かましいと思うが、それでも言っておきたかったのだ。

しかし、できることならば、魔神の奥底にいる一成に向かって言うのではなく、ちゃんと顔を合わせてもう一度謝罪と感謝の気持ちを伝えたいと心から願う。

「聞こえただろう、一成！　アンナはお前のおかげで、正気を取り戻した。あとはお前だけだ！　私が惚れた男がこの程度のことで負けるな！」

ここぞとばかりに、カーティアも想いをぶつける。

だが、

「無駄だと言っているのがわからないのか？」

二人を、仲間たちを嘲笑うかのように魔神は無駄だと言い放った。その瞬間――ゴッ、と音を立てて、一成の右腕が拳を握り自身の頬を殴った。

魔神を含め、全員が驚きに目を見開く。

何度も何度も何度も、一成の右手は己の頬を、額を、顔中を殴り続ける。その行動に誰もが驚愕するが、もっとも信じられないと思ったのは魔神だっただろう。

「なぜだっ！　なぜ、私が動かすことができない体をお前が動かせる、椎名一成っ！」

その問いに対する返答はない。ただし、返事の代わりに今度は左腕が魔神の意に反して拳を握り、顔面を殴り始めた。

誰もが理解した。一成が抵抗しているのだと。抵抗の仕方がいささかアレだとも思うが、一成らしいと思えてくるから不思議だ。

気付けば、一成の体が少しずつ魔神の意に反して動いていく。腕ではなく、足も、体全体も。そして――

「おのれ、おのれ、おのれぇえええええええっ！」

怒りを秘めた叫びが魔神から放たれたのを最後に、声が苦しみへと変わっていく。

一成が中で抵抗している。それに苦しむ魔神。その光景に、徐々に変化が訪れた。

最初に、長く伸びた髪が抜け落ちた。一成が魔神を受け入れる前の長さへと戻ったのだ。次に、肌の色が薄れていく。褐色の肌は白くなっていき、もとの肌の色に戻る。顔に浮かんだ刺青のような模様も消えた。

誰もが期待に胸を膨らませる。

「一成様？」

「一成？」

恐る恐る、アンナとカーティアが一成の名を呼ぶと、

「賭けに勝ったぞ！」

腫らした顔に笑みを浮かべて、一成の意識が戻ったのだった。仲間たちが歓喜の表情を浮かべる。

しかし、次の瞬間、一成は誰もが想像をしていなかった言葉を発したのだった。

「龍神！　ずっと見ていただろ！　今だ、俺がこうして魔神を抑えている間に、俺ごと魔神を殺してくれっ！」

■

一成にとって魔神を受け入れるというのはリスクが大きすぎる賭けであった。それでもその賭けをした理由は二つある。一つは、アンナが一瞬とはいえ魔神の支配を逃れたこと。そしてもう一つは、龍神だった。

魔神が現れたというのに、同じ神である龍神が現れないことに疑問を思った一成は姿を現さなくとも必ず龍神が魔神を、いや自分を伺っているだろうと予想していた。

一成には魔神を倒すことができない。アンナを、悟を見捨てることはできなかった。甘い、と言われてしまえばお終いだが、そう言いたければ言えばいいと思っていた。ただし、魔神は倒さなければいけない。魔神がいるかぎり、同じような被害は必ず出てしまうことはわかっていたから。

では、どうやって倒すのか？

それが一番の問題だった。そして、一成は覚悟を決めた。

――魔神を道連れにして、龍神に自分ごと殺させる。

自己犠牲ではない。被害者ぶるつもりもない。ただ、それしか方法が一成には浮かばなかった。それだけだ。

生きていたいと思う。元の世界にも帰りたい。仲間たちに悲しい思いをさせるのは心が痛む。

何度も何度もそう思ったにもかかわらず、結局はこういう選択をしてしまった。

後悔はない。

全くないとは言えないというのが、正直なところだが、それでも自身が選んだことに後悔はやっぱりしていないだろう。

　きっと誰かがしなければいけないのだから。仮にここでなんとかなったとしても、魔神がいればいつか違うどこかで同じ思いをする人がいるだろう。その時の被害はどうなる？　そう思えばこれが一つの自分の役目ではないかと一成は思ったのだ。

　ゆえに叫ぶ。

　魔神が一成へと宿るも支配を奪った今こそ、魔神ごと自分を殺せと。

　そして、その一成の叫びに応えるように龍神が音もなく現れた。

「よいのか？」

　子供の姿をした神は、初めて会った時は違い、敵意をもっていなかった。それどころか、悲しみ、憐れみの表情すら浮かべている。

　龍神の短い問いに頷く。

「頼むよ、もうもたないから……」

　一成の弱々しい言葉に、龍神は頷くと莫大な神気が小さな体から吹き荒れていく。

「別れの言葉を告げるといい」

「ああ、そうするよ」

　不思議なくらい、心は静かだった。風のない海のように、穏やかでいられた。

「ストラトス、元気でな。本当の弟ができたみたいで嬉しかった。いい男になれよ」

「……兄貴っ！　死んじゃいやだよっ！」

「ごめんな、駄目な兄ちゃんで」

最初に、もっとも自分のことを慕ってくれた弟分、いや弟へと声を掛けた。

「キーア、お前も俺にとっては妹のようで可愛かったよ。いい女になれ、ストラトスと仲良くやってくれよ？」

「一成さん、死ないで！」

「悲しませてごめんな」

次に、妹のように思っていた、妹同然に思っていた少女へ。

「お師匠、お世話になりました。次に弟子をとったらスパルタはやめてやってください」

「お前が最初で最後の弟子だ。善き旅路を……」

「ありがとうございます」

戦う術を授けてくれた恩師へ礼をする。

「レイン、外の世界はどうだった？　楽しいことも、嫌なこともたくさんあっただろ？

だけど、それが世界なんだと思う。もっと色々な世界を見てくれ」

「できるなら一成、あなたともっと世界を見てみたかったです。善き旅路を……」

「ありがとう」

世界を見たいと着いてきて、気付けば仲間として旅をしていたエルフの少女に別れを告げる。

「ムニリアさんのおかげで元気づけられたこと忘れないから。後、悪いけど、ギンガムルのおっさんや、リューイやルルにもよろしく言っておいてくれ。黒狼も頼む」

「ああ、確かに。しかと頼まれた！」

「最後まで面倒掛けて悪い、でもありがとう」

短い付き合いだったが、不器用ながら自分を気遣ってくれた鬼と人間のハーフの騎士に頼み事をする。

「クラリッサさん、あなたにはいつも世話になっていました。短い間でしたが、姉がいたらあなたのような人だったらと思っていました」

「もったいないお言葉感謝します……」

「本当に、ありがとうございました」

傷の手当をはじめ、食事といつも世話になっていた理想の姉のような人に感謝の言葉を告げる。

「リオーネ、約束を守ることができなくて、ごめんな。だけど、これで障害が一つ消える。だから諦めないで、人間と異種族のきっかけをつくってくれ」

「任せろ、和平は実現させてみせる。お前に出会えたことは私にとって大きな転機であり、生涯忘れることのない出来事だったよ」

「俺もだ、もっと早くに出会っていればと悔しいくらいだよ」

勇者と魔王、かつて戦った二人が笑みを浮かべあい、さよならと言う。

そして――

「カーティア、思えば俺たち最初は喧嘩ばかりだったな。でも気付けば背中を預ける大事な仲間になっていた。俺にとってお前は、最高の相棒だったよ。想いに気付けなくて、答えられなくてごめんな」

「……一成、私は！　私は！　言葉が浮かばない、ただ私はお前に死んでほしくない」

「ごめん。どうか幸せになってくれ、相棒」

この世界に来てから喧嘩ばかりして、次第に打ち解けた相棒の幸せを願う。どうか、

これからの彼女の人生に幸あれと。

「姫さん、いや、アンナ。ずっと俺たちのことを笑顔で見守ってくれていたよな。だけど、もっと弱みを見せていいんだ。誰かに頼っていいんだよ。これからはそうしてくれ、頼む。笑顔の裏に隠れている悲しみに気付いてやれなくて、ごめん。想いに応えられなくて、ごめん」

「一成様、私はあなたに許してほしくて、それ以上に死んでほしくないのです！」

「許すも何も誤解だったろ。些細な行き違いだよ。俺はアンナを恨んじゃいない。どうか仲間たちと一緒に幸せになってくれ」

一成が最初に出会い、もっとも信頼した聖女のこれからの人生が笑顔でありますようにと願う。

そして、最期に、みんなに向けて声を出す。

「元気でやれよ、誰も恨むな。種族とかそんなこと気にせず、この世界に生きるみんなで少しでも楽しくていい世界にしてくれ！」

誰もが涙を流し、言葉が見つからない。あまりにも早すぎる別れだったから。

「もう、いいのか？」

「ああ、時間をくれてありがとう。嫌な役割だよな、こういうの……だけど頼れるのはアンタだけだ。頼む、ごめんな」

少年の姿をした龍神の役割の重さが今さらになってわかる。どれほど押しつぶされそうな重い役目なのだろうと。そして、彼に頼るしかないことを謝る。

「謝罪は不要。余こそ、そなたの判断は尊敬に値するものだと思う――」

龍神の神気がさらに増大していく。巨大な一筋に光となり、天へと向かい神気が伸びていく。その光はまるでいつか御伽話で読んだ龍そのものだった。

光が紅に色を変えていく。莫大な神気がすべてを焼き尽くす業火へと変わっていく。

「これが神を殺す龍の息吹だ――さらば、椎名一成」

別れの言葉と共に、紅色の業火が一成を包み込んで大地と天を焼いた。

仲間たちはその光景に、ただ一成の名前を呼ぶことしかできなかった。


こうして短くも長い、椎名一成の旅が終わりを告げたのだった。

エピローグ・1

その日、志村京子の携帯電話に、椎名一成の親から電話がかかってきた。

電話は珍しいことではない。一成の幼馴染みであり、一成に想いを寄せていたことを知っている両親が、いまだ一成の帰りを待ち続けている京子を気遣い定期的に連絡を取っていたのだ。

「もしもし、おば様？　え……う、うそ？」

コトン、と携帯電話を床へと落としてしまう。

携帯電話から京子の名前を呼ぶ声が聞こえるが、彼女は力が抜けたように尻餅をついてしまう。それでも、震える手で携帯電話を拾うと、

「本当に、本当に……かっちゃんが見つかったんですか？」

夢なら目覚めないでほしいと、涙が零れ落ちてくる。どれほど、この瞬間を待っただろうか？

　京子は一成が保護され入院している病院を教えてもらうと、財布だけ持って家から飛び出した。

　タクシーを呼んでいる時間が惜しく、走り続けた。

　病院への道のりが果てしなく長いものに感じる。その道のりを走りきり、病院の中へ。

　途中看護師に走っていることを怒られてしまったが、止まることはできなかった。

　そして――

「かっちゃんっ！」

「よう、京子。久しぶり……で合ってるのか？」

　病室では包帯に体中を覆われた、幼馴染みが軽く手を上げて、懐かしい声で迎えてくれた。

　涙が止まらない。止めることができない。

　どれほど、声が聴きたかっただろう、顔が見たかっただろう。もしかしたら、もう二度と声も聞けず、顔を見られないと思ったことは一度や二度じゃない。永遠に再会できない悪夢に魘《うな》される夜もあった。

「久しぶりじゃないよ……かっちゃん。一年以上もどこに行ってたの？」

「泣かないでくれよ。心配させて、ごめんな。だけど、俺にもさっぱりなんだ。ここ一年以上の記憶が何も残ってないいんだよ」

「うん、おば様から聞いてたけど……大丈夫なの？」

「体は火傷と打撲、骨折と酷いけど、精神面はなんともない。奇跡だって医者は言ってたな……本当なら意識があるのが不思議なくらい重症らしいって」

まるで何かに守られているように、負っている怪我も痛まない。

一成は泣き止まない幼馴染みを安心させよるように、笑ってみせると大丈夫だと何度も言う。

「それに、覚えていないけど――感じるんだよ。誰かから大切な何かをもらった。本当なら忘れたらいけない出会いがあったことを」

「どういう意味？」

その問いに答えようとした時、病室がノックされる。どうぞ、と言うと一成よりも少しだけ年上の青年、遠藤友也が花束を持って入ってきた。

「遠藤さん、お久しぶり……になるみたいです」

「よう、見た目はともかく、思った以上に元気そうでよかったわ。おばさんに話は色々と聞いたけど、無理しないでゆっくり怪我を治せよ」

一成の姿を見て安心するような表情を浮かべる友也。彼も彼で大いに心配していたのだろう。

「はい、ありがとうございます」

「じゃあこれを花瓶かなんかに入れてもらえ」

そう言って、友也は花束をベッドの上に放った。

「わざわざ花なんていいのに……」

「俺は形から入るんだよ。それに、気遣いぐらいはさせてくれ。じゃあ、また顔を見に来るよ。お邪魔虫は退散します」

「邪魔じゃないですよ。ったく、変な気を使わないでください。でも、また来てくださいね」

「おう、今度は色々と土産もってきてやるから」

そう言い残して友也は病室から出ていった。本当はもっと顔を見ていたかったのだろうが、一成と京子の再会に水を差すつもりもなかったのだろう。友也は知っているから、どれだけ京子が一成を待ち続けていたのかを。

「あの人は相変わらずだな。京子は俺のいない間、どうだったんだ？」

「寂しかった」

「――え？」

「凄く寂しかった、ずっと後悔してた。喧嘩したこと、ちゃんと向き合わなかったこと、全部後悔してたよ」

そっか、と一成は頷く。学校に行かなくなり、京子を避けていたことを思い出した。そのことがどうしてか酷く懐かしく思えてしまう。

「ならやり直そう。俺は死んだわけじゃない、どれだけ失敗しても、くじけても、生きていればやり直しはきくんだ」

「……かっちゃん、変わったね。なんだか凄く成長したみたいだよ？」

「そうか？　だったらあいつらのおかげかもしれないな……あれ？　今、俺なんて言った？　あいつら？」

「ねえ、本当に大丈夫？」

無意識に出てきた言葉、あいつらとは誰だろう。ただ、とても暖かくて大切な気持ちになる。だけど思い出せないことに心がざわついてしまう。そんな一成を心配して京子

は顔を覗き込む。

「大丈夫だって、大丈夫だから心配するな」

「うん……それならいいんだけど。ねえ、かっちゃんはこれからどうするの？」

京子の言うこれからには、色々な意味が込められていた。学校も一年も遅れている。色々とこれから大変だということは一成もわかっている。

「前を向いて必死に生きるさ。後悔しないように、一歩一歩、ゆっくりと確実に。いつかみんなとまた会う時に、恥ずかしくないようにさ」

「かっちゃん、また言ってる。みんなって誰なの？」

また無意識に出てしまった言葉と、首を傾げる京子に、一成はどこかにいる大切な仲間を思い出すように笑った。

「……さあ、誰なんだろうな。でも、きっと大切な誰かだと思うよ」

エピローグ・2

椎名一成がいなくなって、瞬く間に一年が過ぎてしまった。

この一年の間に大きな出来事が多々あった。その中でも、帝国とサンディアル王国の和平が叶ったことが最も大きなことだろう。

最初は、きちんとした形で休戦が結ばれた。その後、何度も国同士が交渉をすることによって、帝国はサンディアル王国との和平を築いたのだ。

そこには、魔王リオーネ・シュメールと聖女アンナ・サンディアルの役割が大きかった。

リオーネは一成との約束を守るために、和平を望み続けた。アンナも同様に、和平を望み、サンディアル王国だけだがそれが叶った。後はゆっくりとでいいから少しずつ他の国とも友好的な関係を築いていきたい。誰もがそう思った。

もちろん、リオーネを補佐したクラリッサとムニリアの存在も忘れてはいけない。クラリッサはリオーネの相談役として役目を果たし、ムニリアはその武力を持って帝国の強さを、そして無意味な力を振りかざさないことを示したのだ。

アンナは意見を大きく変えたことで一部から非難はされたが、国民からは戦争がなくなるという安心から支持された。だが、長きに渡って、魔神を体に宿していたことにより、先は決して長くないと診断されている。

現在は、アンナの母親の一件について知った、義姉と義母と和解し、助けを借りながら日々を過ごしている。少しでも平和な世界にするために。

一方で、ニール・クリエフトは戦争を再び起こそうとした罪で牢に繋がれることとなった。同時に、彼の恋人を奪った事件が表に出たことにより、原因となった貴族たちもまた罪に問われた。

ニールの今後は彼次第だろう。王は理由はどうあれ、国に尽くしてくれたことも事実なので、彼が望めば牢から出すことを約束したが、彼の希望でしばらく牢にいたいという話に落ち着いた。

魔神を受け入れ左腕を失った結城悟は、一度目を覚ましアンナの無事を確認して安堵すると再び意識を失い目を覚ましていない。アンナ以上に、魔神を宿したことが負担になっているようだった。

そして、ストラトス・アディールとキーア・スリーズはサンディアル王国へと戻り、アンナの近衛騎士団となる。その後、アンナを支えながら、帝国との橋渡しも務め、一成が懐《なつ》けた黒狼の背に乗り移動する二人を両国の住人達はよく目にしている。

シェイナイリウス、レインのウォーカー姉妹は、父ハイアウルスと共に、迫害されている異種族を帝国へと招くために、世界中を回っていた。彼女たちもまた、一成の望んだ和平と少しでも平和な世界のために協力しているのだ。

そして——

「お前がいなくなって一年が経ってしまった。あっという間だったぞ。だが、その一年で帝国とサンディアル王国は和平を築いた。みんなそれぞれの道を見つけて歩んでいる。ただ、誰もがお前に会えないことを寂しいと、口には出さないが思っている」

カーティア・ドレスデンは一成の墓に向かい語りかけている。

あの日から半年が経った時、一つの区切りとして一成の墓が建てられた。遺体はない。形だけの墓だ。

龍神は一成を灰も残さず消し去った。魔神と共に。それが龍神の役目であったとわか

っていながら、カーティアたちは龍神に対して割り切ることはできなかった。

龍神はそんなカーティアたちの想いを受け止め、

「そなたたちから椎名一成を奪ってしまったことを謝罪する。それでも、彼にとってはよかったのかもしれん……」

と、謝罪と意味深な言葉を残して消えた。

決して命を奪った、殺したという言葉を使わなかったことで、もしかしたら生きているのかもしれないと希望がわずかに残った。だが、本当に生きているのかわからない。もしかしたら、元の世界に戻れたのかもしれない。

それならば、それでいいと思う。世界が違くても、生きていてくれればそれでいい。そう心から思うのだ。

「私たちの絆は世界が違っても決して壊れたりはしない。仮に、お前が死んでいたとしても、絆や想いは消えることはない」

カーティアは祈りを捧げる。半年以上、欠かしたことがない日課だった。

願わくは、どこかの世界で一成が笑顔でありますように、心穏やかでありますようにと祈る。そして、できることならば、また再会させてください、と。

しばらく祈りを続けたカーティアは「また明日もくるから」と言い残して去っていく。

無人の墓にはこう刻まれていた。

――平和を望んだ勇者　椎名一成の安らかな眠りを祈って

end

あとがき

はじめまして、市村鉄之助と申します。

こうして今巻でみなさまにご挨拶ができることができて嬉しい限りです。

思えば、前巻から一年以上の間が空いてしまいました。大変長らくお待たせしてしまい、心からお詫び申し上げます。時間こそ掛かってしまいましたが、こうして本巻をお届けできてよかったと大きく胸を撫で下ろしています。

本文からお読みくださった方はもうご存知だと思いますが、これにて『裏切られた勇者のその後…』は幕を閉じさせていただきます。主人公一成と、彼を取り巻く仲間たちの物語はこれからも進んでいきますが、どのように彼らが前へ進んでいくのかは、読者の皆様でご想像していただければ、と思っています。

前巻から引き続き応援してくださった読者様には、心から感謝の気持ちでいっぱいです。本巻から手に取っていただけた方にも、心からの感謝が溢れて出ております。どうもありがとうございました。

割と暗い内容に反して、書いていて楽しかった物語でした。主人公一成はウジウジとしていて、弟分のストラトスの方がよほど主人公に向いている性格だったり、私が文を書くとどうしてこうも暗くなってしまうのだろうかと苦笑しながら楽しい時間を過ごさせていただきました。

なによりも、小説を出版するということの大変さを大いに学ぶことができたことも、良い経験となりました。

こうした機会に恵まれることができた私は、間違いなく幸せなのだと思います。できることなら、また読者の皆様とお会いできる日が来ることを願いながら、新しい物語を書いていこう。そう強く思っています。

またの機会に、皆様と再会できる日を祈って。どうもありがとうございました。

以下謝辞です。

出版するにあたり、多くの方々にお世話になりました。

出版社関係者様には、きっかけをくださったことからはじまり、本当に感謝の気持ちと、お礼を申し上げます。

素敵かつ、可憐なヒロインとこんなイケメンになりたいと思ってしまう男性陣。そして愛くるしく可愛らしい、ストラトスとキーアを書いてくださった218様には、どう感謝の気持ちをお伝えすればいいのかわからないほど感謝しております。

あなたがいなければ、『裏切られた勇者のその後…』が出版されることはなかった。私はそう思っております。

お忙しい時間を割いてくださり、本当にどうもありがとうございました。

修正箇所盛りだくさんの文章をしっかりと校正してくださった、編集者様。本作にとって必要不可欠な存在でした。右も左もどころか、上も下もわからないことだらけの私を導いてくださったとこ、心より感謝いたします。

とてもたくさんのことを学ばせていただきました。どうもありがとうございました。

そして、本作を置いてくださいました書店関係者の方々にもお礼を申し上げます。前巻ではサインを書かせていただき、人生初の体験をさせていただき、とても嬉しかったです。

小説どころか漫画も読まない家族や、友人たちからも応援をいただけて、頑張ってこられました。出版された時、自分のことのように喜んでくれた友人たちは生涯の宝です。


なによりも感謝しています、読者の皆様にお礼申し上げます。

手に取り購入してくださる皆様がいなければ、二巻出版はできませんでした。私が書ける、精一杯を書きましたので、少しでも楽しんでいただければと思っております。

本当に、どうもありがとうございました。


多くの経験と勉強をさせていただけた私は、胸を張って幸せ者だと断言できます。

すべての人に、どうもありがとうございました。

はじめての「あとがき」に緊張しながら、上手く気持ちが伝わってくれることを祈りつつ、このあたりで失礼させていただきます。

市村鉄之助

フェザー文庫

裏切られた勇者のその後…

After that of the betrayed Hero

II

市村鉄之助

イラスト
218

発行　二〇一五年三月五日

発行者　窪田　和人

発行所　株式会社　林檎プロモーション
〒四〇八・〇〇三六
山梨県北杜市長坂町中丸四四六六
TEL〇五五一-三二-二六六三
FAX〇五五一-三二-六八〇八
MAIL ringo@ringo.ne.jp

製本・印刷　シナノ印刷株式会社

ISBN978-4-906878-38-3 C0193
www.ringo.ne.jp/